新语文名家散文精选
谭曙方 主编

乡土印记

孙莱芙 著

山西出版传媒集团
北岳文艺出版社
·太原·

图书在版编目（CIP）数据

乡土印记 / 孙莱芙著 . — 太原：北岳文艺出版社，2021.8
（新语文名家散文精选 / 谭曙方主编）
ISBN 978-7-5378-6410-7

Ⅰ . ①乡… Ⅱ . ①孙… Ⅲ . ①散文集—中国—当代 Ⅳ . ① I267

中国版本图书馆 CIP 数据核字 (2021) 第 119908 号

乡土印记
孙莱芙　著

//
出 品 人
郭文礼

策　划
续小强　赵　婷

责任编辑
张　丽

封面设计
萨福书衣坊

封面绘图
南塘秋

印装监制
郭　勇

出版发行：山西出版传媒集团·北岳文艺出版社
地址：山西省太原市并州南路 57 号
邮编：030012
电话：0351-5628696（发行部）　0351-5628688（总编室）
传真：0351-5628680
经销商：新华书店
印刷装订：山西人民印刷有限责任公司

开本：787mm×1092mm　1/16
字数：170 千字　印张：13.75
版次：2021 年 8 月第 1 版
印次：2021 年 8 月山西第 1 次印刷
书号：ISBN 978-7-5378-6410-7
定价：39.80 元

本书版权为本社独家所有，未经本社同意不得转载、摘编或复制

序

杜学文

随着时间的变化,人从幼儿走向童年、少年。对于生命来说,这也许是一些最纯真、最富于诗意的时光。有家的呵护,有不断发现的新奇世界,有无限的可能性;还不会也不需要掩饰自己,不会也不需要考虑如何才能适应别人、适应社会。也许,从生命的成长过程来看,这是一个还不能也不需要承担责任的时刻,是一个不识愁滋味的时刻,是一个可以任性地放飞自己的时刻。当然,也是一个在潜移默化中被生活影响,并奠定自己未来走向基因的时刻。有很多的想象,很多的希望,很多的选择……但是,随着成长,这些"很多"变得越来越少,甚至成为不得不的唯一。这种想象的力量也许会对人的一生产生极为重要的影响。在很多时候,特别是对于成年人来说,想象似乎是虚幻的,非现实的,甚至是无意义的。但对于人整体来说,失去了想象力却是可怕的。如果这样的话,人们就只能匍匐在地面,而失去了星空,失去了更广阔、更丰富、更多姿多彩的世界——未来的可能性、现实的创造力、内心世界的感悟力,以及对幸福的体验与追求。所以,在人的生活中,除了现实存在之外,仍然需要保有提升情感体悟、净化精神世界、培养想象能力的生活方式。在很多时候,我们需要依靠艺术——当然也包括文学在内来实现这种想象。文学,不仅仅是表现生活的，也是想象生活的——建立在现实生活的基础之上，对未知世界与未来生活的理想构建。这种想象力的培养，也许在人的童年与少年时代更为重要。

实际上，每个人都在想象中成长、变化。在成人的世界里，这种想象越来越被现实生活所规定、制约。当一个人成为学生的时候，非学生的生活就不存在了。他必须在学生的前提下选择未来。但选择了通过读书来改变人生的时候，非读书的可能性也不存在了。尽管选择是对现实利弊的权衡，但仍然是对未来可能性的想象。当然，想象并不局限在这样的选择之中，人还有很多非现实的想象——对艺术世界的虚构，以及对不可知世界的精神性营造等等。前者可能会更多地影响人的情感，而后者则更多地影响人的创造。

事实上，每一个人在其幼年时期都会有想象的努力——自觉的与不自觉的。以我自己的经历言，曾经想象时间的停滞，希望知道时间停滞之后会发生什么。结果是时间并没有停滞，停滞的只是自己的某种状态。在我家乡村外的山脚下，有一条河。河中一个很小的瀑布下聚满了水。那水是深绿的，有点深不见底的感觉。我们那里把这样的地方称为"龙潭"，就是河中水很深的坑。旁边有一个石头垒起来的磨坊，里面有一座水磨——利用瀑布的落差来推动石磨。大人们说，这龙潭很深，一直能通到海底的龙王爷那里。我不太理解如何从太行山的地底通往大海，也不知道假若到了大海会怎么样，但却希望能够有一条龙带着我去看看大海。这大海与龙宫就成为幼年的我对未知世界的想象。

人的想象力当然是建立在社会生活之上的。如果没有听过大人们讲龙王的故事，就不可能去想象龙宫的景象。这种社会生活也隐含了人的价值判断与情感选择。当人们在其成长的幼年时代，能够更多地接受积极健康的价值观，接受良好的情感表达及其方式，其想象力将向着更美好、完善、向上的方向发展。人会在无意识中选择那种积极的表现方式。这也许会影响人的一生。就是说，在人成长的初期，想象力及其表现方式是非常重要的。

也许人们意识到了这种重要性，出现了很多希望能够满足童年或者少年人群精神需求的活动。游戏、体育、劳动、阅读，以及相关的艺术活动，包括文学阅读与创作活动。据说那些非常著名的作家往往会写一些少儿作品。而那些儿童文学作家则被认为是"最干净"的职业人群。正是他们，在那些如白纸一般的人心中绘画。他们使用的颜色、图案、创意将深刻地影响人的未来。而人们总是希望自己的未来将更为美好。

从这样的角度来看，北岳文艺出版社策划出版一套《新语文名家散文精选》就有了非常特殊的意义。这并不是一般的作家散文创作结集，而是有明确的目的指向——为那些正在成长的读书人提供可资参考的读本——它主要不是为了体现作家在艺术领域的探索创新，不是为了研究某个创作领域的来龙去脉，也不是为了让人们获得知识——当然我们也不能排除这样的功能。但无论如何，其核心目的是要为培养孩子们的想象力、审美能力提供一些看起来感到亲切的范文。至少会使读书的同学们能够在写作上有所参照。这是很有意义的。

从体例设计来看，也非常有效地体现了这种目的。这套书选择了十一位作家的散文作品。他们分别生活工作在山西的十一个地级市，有某种地域意味在内，也会强化读者"在身边"的认同。这些作家，大部分我都有接触，基本上了解他们的创作情况。其中有成果颇丰的老一辈作家，也有风头正健的中青年作家。他们的文学贡献也主要体现在散文领域。这对读者的阅读来说有很强的针对性。在每一篇作品的后面，还邀请各地从事教学的名师进行点评，以帮助读者更好地进入作品的艺术情境之中，领略作品的艺术特色，以及文中表露出来的情感状态、价值选择。这是非常好的设计。同时，还邀请相关的专家对每一位作者的作品进行比较专业的综合性论述，便于读者从全书的整体来把握作品。这些作品主要集中在"情"上——故乡之情、父母亲情、友情爱情、事业之情等等。其中一些堪称范文。当然也有一些知识性、研究性与介绍性的作品，亦可丰富拓展读者的视野、心胸。通过这些作品，我们不仅会感受到不同时期人们的生活状态、情感状态，还可以理解作家们表达情感、进行描写的艺术手法，既有助于同学们想象力、创造力的提升，亦有助于同学们写作能力的提高。

人的生活状态至少有两个方面。一是显性的、可见的。比如学习成绩、创作成就、劳动收获等等。但还有另一种是隐性的、不可见的。如你会因为学习成绩提高而感到高兴、欣慰；会因为自己的作品受到读者喜爱而增强了创作的动力；秋天收获的时候，会因为这一年风调雨顺有了好收成而感到欣喜，增强了过好日子的信心等等。也可能因为这些，你会更努力地工作学习，更尊重别人的劳动付出，更希望自己做一个好人、优秀的人。相对来说，那些显性的、可见的生活状态往往受到人们的重视，因为其直观，有功利性。但也许那些隐性的、不可见的生活状态对人的成长、完善，以及激发内在动力与想象力、创造力更加重要。它们虽然看不到、摸不着，似有若无，但往往决定了人的情趣、视野、眼界、胸怀，以及精神状态、价值选择与审美能力。正因为这些东西的存在，使你能够更好地面对社会、人生，正确地选择自己的道路、方法，感受到生活的美好、幸福，并保有追求更美好未来的力量与信心。这样来看，这套书意义重大。我真诚地希望大家能够喜欢，也希望有更多的适应同学们阅读的好书面世。

2021年3月21日于晋阳

（杜学文，山西省作家协会主席，著名文学评论家）

目 录

第一辑 难舍穷家

003　一家百年
007　难舍穷家
011　无人居
015　无家别
019　继　父
023　母亲的手
027　四只眼睛
030　飘动的白纱巾
033　蓝蓝的天上白云飘
038　放羊的哥哥进城来
043　西口外今年好收成

第二辑 壮年高歌

049　莜麦谣
056　牛羊倌的吆喝
060　大地上的花草
064　故乡的位置

068　母亲的消息

072　暖和人的影子

075　说　春

078　心灵的庙堂

081　壮年高歌

084　最后一朵二月兰

089　丽　娟

093　平生快事走天津

第 三 辑
岁月之河

099　右玉卜子的刘有孩

106　苦儿流浪记

114　患难夫妻

120　十股地走口外的两家人

126　二百年风雨"崔铁炉"记

第四辑 乡土记忆

139　碗　窑
143　石庄村红瓦器
148　神磨三村的油梁
155　鹅毛口旧事
160　吴家窑的背炭人
166　盐丰营的王守贵
170　野猪窊记事
177　峙峪陶瓷
184　铁木后传

194　从亲情与故乡出发　/杨矗
206　后　记

乡土印记

第○辑

难舍穷家

记得那时，父亲辞别人世的那个下午，我正从远方奔回家中，父亲却刚刚撒手离去，当下，我的眼泪就成串地滚落下来。

一家百年

榆荚落下来，随风飘满一村，年年春天都是如此。许多年过后，紧贴我家的西墙和房背后，就有几棵高矮错落的榆树生长着。那纷纷扬扬雪花似的榆荚怀着再生的愿望告别了枝头，任谁也没有办法使它们都能新生，活下来的是极少数，日后成为参天大树的更是寥寥无几。

我站在我家老屋的遗址旁，想起一些年以前，我们一家四口在这儿生活的情景。如今，母亲和继父都已经过世十二年了，我哥哥孤身一人在邻村放羊，我从少年起就漂泊在外。亲人辞世，兄弟分离，家就不复为家了。

往前说，我母亲生于1919年，逝于1988年，一个世纪去掉两头，她活过了百年中间的一部分。她生过八个孩子，三个夭折，三个送人，只存留了两个。我四岁时五十二岁的父亲便病逝了。我们的头一个家，人口总数为十，最后实存三口。

在一个村生活多年，日头从家家门前过。你会清楚地看到，每家每户，不一定生人，却注定要死人。

去年秋天，我在老城的大街上遇见我们村的孙日财，他是个老光棍，满嘴的牙掉得已经差不多了。他告诉我说：补全死了，是被矿上的缆车轧死的，他的女人领着孩子改嫁了。

在煤矿通往村庄的路上，随时都会发生这样的事，有妈有姐姐的哭上几天再埋了，一生的悲伤就这样留给了亲人。

我姨姨告诉我说：有一年，你妈领着你来我们家走亲戚，她经常半夜三更爬起来，喊你、摇你、掐你，就像疯了一样，你一哭，你妈才又哭又笑的。我姨姨最后说，你妈那是惊着了，为了儿女们，她一辈子哭的比尿的也多了。

我生得迟，我的三个哥哥是如何死的，只能听母亲讲了。母亲说，一个哥哥十二岁，跟你爹到西湾背柴，在冰上摔了一跤，后脑勺开了一个洞，在炕上躺了一天就死了；另一个十四岁，给人家放猪，山上洪水下来，一个同伴掉了下去，你哥哥伸手去拉，把同伴拉靠岸，自己却闪下去了，叫水冲跑了。我和你爹知道后，沿河追呀追，一直跑了二十多里，没找到。第二天，下园村有人捎话来，说他们村的河滩里看见一双朝天的小孩脚板。我们去把你哥哥背回来，你爹的嘴从那时起就歪了，一直到死都是那个样子。

一个人能活到老不是件容易的事情，从生下来到长大，到娶妻生子，儿女平安，骨肉团聚，还希求个啥，还有啥不称心如意的？

我从小的时候，就很在意地保护自己的生命，我不到崖头掏雀，因为洞里有蛇；我不敢到深水中游泳，顶多在河沿上洗洗身子。有一回，我到邻村的一个水库耍水，站在边沿上，脚下猛一滑，水很快没过头顶，我想我怕是活不成了，我死了以后，我妈她能活下去吗？我是全家唯一传宗接代的希望，我死了，对得起那些或死去，或改名换姓的亲人吗？现在说什么也迟了，突然，我的脚下意外地踩住一块石头，我一用力，就又回到了岸边。我穿起衣服坐在高处，感到活下来的不易，也深深地感谢脚下的那一块石头。

一个新生命的降生对任何人家来说都是万分重要的。贫苦的人家更是如此。1987年，我母亲去世的前一年，我的儿子降生了，母亲从乡下坐着拖拉机来看望我的妻儿。她进了门，连滚带爬地上了炕，小心翼翼地摸摸孩子的脸、孩子的手，竟感慨地哭出声来，颗颗眼泪滴在我妻的手上。

母亲的眼泪是有道理的，她是一个大字不识的穷苦农民，她不懂得新世纪，但是她知道自己一生的苦难和辛酸，也最能体味生命的来之不易。她的哭，折射出了中国劳苦大众百年的悲欢，百年的血与泪，可谓世纪一哭，不一定能够惊天地，却总是可以泣鬼神的吧！

赏析

初读文章时，就深为这篇文章所震撼。一是内敛又深沉的情感，二是叙述的角度和跨度。

文章开始提到的榆荚既是写景又是隐喻。

作者把深深的情感倾注在有节制的叙述语言上，感情深挚不泛滥，再加上细节描写，就产生了很动人的效果。情感震撼人，有苦难事件本身，也有作者的技巧：

"我"的母亲生于1919年，逝于1988年，"她生过八个孩子，三个夭折，三个送人，只存留了两个，我四岁时五十二岁的父亲便病逝了。我们的头一个家，人口总数为十，最后实存三口。"简洁的叙述，冷冷的数字，其中的悲怆不言而尽显。

在与亲人的生离死别面前，母亲是渺小的，她害怕极了，如姨姨说"她经常半夜三更爬起来，喊你、摇你、掐你，就像疯了一样，你一哭，你妈才又说又笑的""我姨姨最后说，你妈那是惊着了"。

孩子夭折三个，送人三个，还没了丈夫，一个旧式女人的遭际，还能更苦吗？生命在她眼里，是何等的艰难！因而1987年，当母亲看到"我"降生不久的儿子时，连滚带爬上了炕，小心翼翼地摸摸孩子的脸，孩子的手，竟作难地哭出声来，颗颗眼泪滴在我妻的手上。

在叙述的角度和跨度上，同样彰显了作者的功力。短短千余字，却要写出一家百年的沧桑变化，作者抓住人口和生命来表现百年的痛彻心扉，是很好的切入点。

而对"百年"这个巨大的时间跨度，作者的技巧就尤为突显了。从榆荚落下，"年年春天都是如此"，到"许多年过后""我站在我家老屋的遗址旁，想起一些年以前"，再到"如今"，仅是在开头两段，作者游刃在过去、现在时间的交织转换中，营造出非常强烈的沧桑感。

另外，让人感慨涕零的文字，又有着很强的画面感。

（赵晓燕）

赵晓燕，女，山西省朔州市朔城区人，1994年毕业于山西大学中文系，朔城区一中语文高级教师。用"发现式专题教学"实现语文教学的腾飞，教学成果显著。被评为"省市教学能手"、市"巾帼建功标兵"。《我以我心话陶潜》等多篇论文获省教育学会评比一等奖。

难舍穷家

记得那时，父亲辞别人世的那个下午，我从远方奔回家中，父亲却刚刚撒手离去，当下，我的眼泪就成串地滚落下来。那几日，母亲在屋子里跌跌撞撞，四处徘徊，神志一下子变得模糊异常，她不断地走来走去，只是低低地重复着这样一句话："好端端一个家，散了！"

说起来，我们这个家没有一样值钱的东西。父母一生胼手胝足，辛苦劳累而积攒的那点家产实在可怜：两间小土屋，里头摆着两个独头柜，一个已经散了架；四口大缸，有三口还是漏水的，仅能放置杂物；常用的，还是母亲的针头线脑，父亲的烟锅油灯；最重要的家当，还数那口一日三餐都离不了的铁锅。

父亲的丧事完毕，我们准备劝说母亲与我们同行。她十四岁上出嫁，早年逃荒要饭，四处流离，生了八个孩子，有三个夭折，三个送人。我少小离家，全赖老父老母喂猪、喂羊供给念了大学。因此赡养伶仃老母，当属我的责任。不过那时，我还特别浅薄，总以为母亲是会欣然前往的，因为我工作的城镇地方虽小，但诸般条件确实非贫穷苦寒的乡村可比。谁料到，我征求母亲的意见时，她神情竟格外木然，只是多年来她从来没有违背过儿子的意愿，所以，也没有摇头拒绝。我知道，父亲离世带给母亲的悲伤与我们儿女是不可同日而语的，她将永远失去了自己的家，而无论是多么苦寒的家，毕竟还是自己的。多年以后我才懂得：母亲的家曾经必然是儿子的家，但儿子的家却未必是母亲的家。

我们离开老家那天，正是阴天，屋外飘着丝丝缕缕的小雨，天气正愁人。母亲在屋子里磕手绊脚地走来走去，她用抹布擦洗了每一个坛坛罐罐，那双身不由己的手把那方泥质的灶台擦抹得格外光滑。她最后一次跪着用扫炕笤帚扫了地，柜底缸脚都被收拾得干干净净，她还把那架老旧穿衣镜擦拭得纤尘不染……

车子驰离了老家，我紧紧握住母亲的手，我担心，别离故土的打击会使她这样一个心脏病人难以承受。

离开了穷家，终于住到了城里，但我记忆当中的那位性格开朗的母亲却永远消逝了。从此后她郁郁寡欢，目光迟滞，一天到晚在院子里不安地徘徊，有时竟忘了穿鞋穿袜。我家的门口紧挨汽车站，清早起来，母亲就扶着扶手下了台阶，慢慢爬过单位里小门的横杆，然后在汽车站的门口坐了下来。那里的人群熙来攘往，南来北往的汽车呼啸掠过，阵阵灰尘撒满了她银白的头发。若有村人进城，母亲眼尖，会一下子冲过去拉住人家的衣袖问长问短，临了撩起衣襟擦眼睛，硬要拉住人家到我们家吃顿饭。我站在马路的对面寻找母亲，看着她竟至这般模样，好几次我在她周围的人群里徘徊不忍靠近，想起她苦难的一生，心里有说不出的悲伤。

好在，母亲喂养的那几只老母鸡也随她进城来了。这几只来自穷乡僻壤的鸡，从未见过大世面，它们战战兢兢，抱作一团，偶尔万分小心地跨出院子一步，立时就被左邻右舍的鸡给啄了回来。城里是喧嚣的地方，一会儿是汽笛长鸣，小贩呼叫；一会儿是剪彩的爆竹噼叭作响，流行的摇滚乐，此起彼伏，经久不断，搞得那几只鸡咕咕鸣叫，寝食不安。这期间，母亲就天天与鸡厮守在一起，她和它们互怜互慰，寸步不离。母亲往院子里一坐，鸡就亲热地围拢在她的身边。她摸摸这只，抱抱那只，青灰的脸浮现出难得的笑意。

不幸的是，那年秋天，鸡瘟流行，五只鸡两天之内死了个精光。

又过了一个月，母亲病危，她拉着我的手说："妈想回家……"

穷家是母亲人世的唯一牵挂。

随着父母的别世，老家的两间小土屋至今冷落无人。这时，我才真正体味了母亲的话：好端端一个家，散了。

住在城里，常思土屋，有时梦见我与老父老母围坐在那口铁锅旁，一起香甜地吃着土豆。那盏老式煤油灯忽明忽暗，屋里的一切都看不清爽了，连同老父老母的脸……

赏 析

细节可以撑起一篇文章。作者写家的穷："四口大缸，有三口还是漏水的，仅能放置杂物。""最重要的家当，还数那口一日三餐都离不了的铁锅。"……这段描写和鲁迅写祥林嫂"她一手提着竹篮，内中一个破碗，空的；一手拄着一支比她更长的竹竿，下端开了裂"相近，语意上的转折递进，就像相声里的抖包袱，再加上短句的使用，贴切地表现出家的穷。

表现母亲难舍穷家，用了神态、动作、语言等细节描写。比如神态，母亲不同时段的神态："神志一下子变得模糊异常""神情竟格外木然"，"郁郁寡欢，目光迟滞"。三处描写，不重复。比如语言，母亲的两次话语，言短情深。

最精彩的是母亲离家时，一系列动态细节的铺陈，"她用抹布擦洗了每一个坛坛罐罐，那双身不由己的手把那方泥质的灶台擦抹得格外光滑。她最后一次跪着用扫炕笤帚扫了地，柜底缸脚都被收拾得干干净净，她还把那架老旧穿衣镜擦试得纤尘不染"，动作繁复，情绪一致。每一句都是长句，修饰限定语显出"难舍"之情和"穷家"之况。再把这些细节放在屋外飘着小雨的环境里，不舍之深情令人泪目。

作者还用细节进行对比，母亲进城之后，目光迟滞，动作应该也缓慢，但当有村人进城，"母亲眼尖，会一下子冲过去拉住人家的衣袖问长问短"，母亲对穷家的挂念不言自明。

养鸡的细节，相比于离家时细节的铺排描写，侧重于叙述。作者这番孝行衬托出母亲对穷家的难离，同时鸡在城里的不适应也是母亲不适应一种象征。动物犹如此，更何况人呢？穷家难舍。

文章细节使用多样化，有语言、动作、神态的描写；有长句、短句的结合，有描写铺排，有情节叙述，有对比有衬托有象征，详略疏密得当。

（任利文）

任利文，男，1994年毕业于山西大学中文系，朔城区语文高级教师。山西省优秀班主任、山西省优秀教研员、首届"三晋名师"中语会优秀教师。独创"议论文模式写作教学法"，编写了校本教材《紫荆花开》《小荷才露尖尖角》。在《朔州日报》《中学生学习报》等报刊发表论文多篇。2016年通过竞聘任朔城区一中敬德校区副校长。

无人居

历朝历代的文人雅士们,往往把自己的书屋冠以"XX居"。而"无人居"则是我家的两间小土屋,因父母今年双双辞别人世,寒舍至今冷落无人居,故得名。

说是小屋,其实是耳房。我小时,父亲花了一百多块钱买了它。我在此度过了自己的童年、少年和青年时代。

小屋格外狭窄,地当中一根大泥柱,占去了大半空地。窗外几步远,高起的是邻家的山墙,院落局促,屋内光线亦显得暗淡而昏黄。

屋子的正面,潮湿的土墙下,摆了一个红柜,那是当年母亲的陪嫁,里面装满了碎布破衣,针头线脑。

小屋已逾百年。屋顶裸露着椽子,冬天蒸笼雾罩,上面有厚如棉被的冰雪;夏天,缕缕丝丝的老尘落下,地上炕上就洒满了薄薄的一层。

母亲在世时,家里烧的是柴火,一堆就是满地。严冬或是雨雪霏霏的日子里,母亲在灶里添上粗大的柴棒,风箱拉得呼呼作响,白日里的饭菜香味吸引着乡亲,冬夜里驱除着寒意。

窗上的三块玻璃已经破碎了两块。在玻璃紧缺的日子里,母亲托哥哥从城里买回了镜面、一点一点刮去了上面的水银,尔后安置在窗户上。隔日,母亲便万分小心地擦拭一回,让太阳的光辉映照巴掌大的土炕。可惜的是,一次羊倌赶羊,鞭杆挥至窗户,两块玻璃便有了长长的裂缝。为此,母亲数天闷闷不乐,后来,找了几个扣子,里外用线穿了固定住，这才了事。

窗上的破洞、细缝，也用废书和旧报纸精心地裱过。每当掌灯时分，寒气逼人，母亲在窗外挂上牛皮纸做的窗帘，立时，天光隐去，灶火燃烧，一灯如豆，黑漆漆的皮缸上跳动着火的影子，便有了说不清的快意与安全感。晚饭过后，母亲和父亲高高兴兴地拉呱着陈年旧事，我推开饭碗，挑亮灯芯，翻看着一本少头无尾的旧书，那份惬意，那份快乐，着实像沙漠里掘出了一股清泉……我念书那几年，学校离家三十里，不论盛夏或严冬，无论披星星戴月亮，也不管沿途茫茫的丛林和深深的沟壑，只要是星期六，我就往家跑，没有自行车，也坐不起公共汽车。

小屋是暖和的，不像学校；家里是能吃饱的，不论稠稀。衣服破了，母亲翻箱倒柜，找出一色的布，密密地补了，细细地缝了。听说炕凉，母亲就彻夜不眠，几番梦醒，次次可见灯下那佝偻着的剪影，次次可闻窗前穿针引线之声。天明时醒来，母亲的早饭在等着我，一卷打包得齐齐楚楚的羊皮褥子还散发着母亲的手温。

家无隔月之粮，但走时，炒面袋装了又装；从来是清贫寒素之家，但走时，手心里已握着二十块钱。借也好，卖东西也好，父亲从来没有让我空过手——十多年啦，从中学到大学。

小屋的后墙上悬挂着一幅《寿星松鹤图》，毕业那年合家团聚，我在店里特意选了这幅画，画上的对联题有："福如东海，寿比南山。"然而，"树欲静而风不止，子欲养而亲不在"，家里先是父亲撒手归尘，后是母亲命归黄泉。

时下，艾蒿爬满了小屋，枝干在劲风中摇曳，那一片暖暖的灶火也随着父母而去了，平日里锅碗瓢盆的撞击之声也消失得无影无踪，只有门前的小河依旧缓缓流淌。

送别了父母，一把大锁锁住了屋门，从此，我失去了托身之处与

依靠，也从此告别了自在与逍遥。不知怎么，父母在世时那亲切温暖的慢声细语，那漫漫长夜里的穿针引线之声，此刻又回响在我的耳际。

虽是陋室，永志难忘！

文章一开始便给题目"无人居"解了疑。小土屋因"冷落无人居"得名，把得名放在历朝历代文人雅士的大背景下，文章便有了时间上的纵深感。房子叫"居"，显得文雅而美好，而"无人"又萧条悲凉，略略数字，暗含无限情感。

像电影镜头一样，作者的笔触将小屋推向记忆的深处。

小屋是父亲花一百多块钱买的，"我"在此"度过了自己的童年、少年和青年时代"。所以对小屋的记述，实际是对小屋里人和事的回忆，屋子里的人和事，人和事里的屋子，彼此不能分开。

作者写屋子，少有直接客观的描述，更多的是印象：邻家山墙高起，于是"屋内光线亦显得淡而昏黄"便定格脑海；对土墙的印象是母亲陪嫁的"红柜"，装满了"碎布破衣，针头线脑"；写老屋已逾百年，冬天蒸笼罩雾，夏天，缕缕丝丝的老尘落下；严冬或是雨雪霏霏的日子，屋里母亲烧柴的风箱"拉得呼呼作响"，小屋的暖意是最美的回忆。

光线、色调、声音的印象化细节，勾勒出的是在小屋里的一个个画面、一段段往事，是充满贫穷的辛酸和生活本身的温暖。读者从中产生情感和审美上的共鸣，达到很好的效果。正如路德维希·密斯·凡德罗提出的"少即是多"，也如中国画艺术里讲究的留白手法，惜墨如金。

文章更具画面感和叙事性的细节还在后面，这些细节侧重写小屋里的人和事。贫穷日子里窗上三孔玻璃的悲伤故事；寒夜中灶火燃烧，一灯如豆的快意和安全感；在父母和乐中挑灯夜读一本少头无尾的旧书的惬意，这些都是小屋里的记忆。小屋里，有母亲深夜不眠密密缝的剪影；还有清贫寒素之家，却总能让"我"手握二十块钱的父亲，这些都是小屋里的感动。

所以，"虽是陋室，永志难忘"。

父母去了，小屋野草摇曳，灶火冷了，"只有门前的小河依旧缓缓流淌"，这些细节，既是对前文细节意象的照应，也是与前文父母在世时的温暖的对比，人事已非，一如"荠麦青青""彼黍离离""二十四桥明月夜"，古今悲凉无不同。

父母离世，小屋无人，一把大锁锁了屋门，从此，"无人居"成为萦绕心中的温暖、倾诉不尽的思念。

（赵晓燕）

无家别

听到老家门窗丢失的消息时,我正在县城的住所收拾煤块、堆放柴草,准备迎接一年一度的寒冬。

这个消息,给我已经麻木的脑子以沉重一击。夜晚,窗外的风雪交织吼叫,大约又快数九了。

我这才想起,离家也太久了。自从继父与娘下世后,我料理完后事锁住老家的门,告别了老屋,不觉已是七载。

记得打发了母亲后,村里的大娘大婶把我送出村口,嘱咐我说:"常回来啊,不要忘了咱村人。"

我知道,我不可能常回来了。没娘的家不算家。只能回村,不能进家,回去,干什么呢?

这中间,我曾回过一次村,是二老亡故的第二年。村中朋友结婚贺喜,让我回去,我没有理由推脱。

进村后,不敢抬头望老屋。几位朋友拉我回去参观我的"故居",我连连摆手,几乎掉泪。近在咫尺,有家难回,我心伤悲。

只能是想家时遥望故乡。不知道有多少回,我从公路上乘车经过,远远望见了故乡的炊烟,仿佛又听到了母亲唤我回家的声音,仿佛又闻到粗茶淡饭的香味。想桑田日暖,昼风夜雨,孤单的土屋又苍老了许多。离家之后这几年,我东奔西走,碌碌风尘,为求箪食瓢饮而漂泊天涯,越走,离家越远了。

只有当夜雨敲窗之时,才想起,老家的屋顶该修一修了,但雨过天晴之后，又侥幸地想：小屋福大命大，应当无事吧？

实际上，百年老屋早已不支，它的土坯后墙紧靠着崖头，冬春之际渗漏滴水。过去，每岁挂年画都要用大钉加固。堂屋的后墙也朝内凸透进来，打雷或刮大风的天气，屋顶就簌簌落土。

母亲在世时，每年立冬之日，都要精心裱糊门窗，用黄泥打墙抹地。修修补补，土屋也竟然无恙。

数年前，有位乡邻盖屋，用铲子机推倒我土屋西边的两孔破窑，土埋了小屋的脖子，出路被堵。闻此消息，我寝食不安，梦里常回故乡论理，醒来后又仰天长叹："罢了，罢了。甜不甜家中的水，亲不亲故乡的人。"况且，往大处想，人生也没有永远留守的土地、不散的筵席。

前年，富拴叔捎话来，计我把土屋拆了。说，日久天长，总要倒塌，迟倒不如早拆。我不愿意，也没回去。我还是想让小屋在人世上多留些时日，即便我走到天涯海角，只要小屋在，人生就有个起点，我也就不是无家可归的人。

以前，我妻也曾提及，土屋里还有一些家具用品，收拾下来，或许还能用，我没吭声。这些坛坛罐罐都是老人们一生辛劳的积攒，丢不得。但倘若把它们摆放在面前，睹物思人，心里又会隐隐作痛，左右为难，不如留着。

今年，春天大旱，秋季洪涝，如注大雨下了九天，我在二百里外的异地，老为土屋捏着一把汗。待天晴之后，奔回县城，在大街上遇到五人，他告诉我："全村的窑都倒了，你家的屋还在。"

晚上，筛酒炒菜，开怀痛饮。可是，我高兴得太早了。三个月之后突闻老家门窗丢失，我赶忙找了一辆车，一家人奔故乡而去。

爬上高坡，穿过满院狼藉的石头土块，我终于站在了老家门口。远远望去，失去了门窗的小屋睁着黑洞洞的眼睛。慢慢靠近，向屋里

看去，清灰的天空从屋顶露出。小屋的后墙早已坍塌，地上堆满了土坯，家中已一物不存。我呆站在那里，两眼发酸。

以往，我常梦见，继父与娘还坐在小屋的炕上，挑亮灯芯，闲话家常，不由得喃喃说一声："爹、娘，走吧！那年我不是给你们烧了纸房了吗？"

乡亲们又把我送出村口，我哽咽着说："不知道啥时候再回咱们村呢？"

赏析

《无家别》是杜甫诗《三别》中的一首，作者借题发挥，写父母离世后的肝肠寸断。

从《一家百年》到《两故乡》到《难舍穷家》，再到《无人居》然后是《无家别》，作者写了父母之家的始有和终没。父母在，家就在；父母去，空留屋；屋虽在，身无寄。

关于家的所见所闻情绪意念，翻江倒海，汹涌而至，在有限的文章里，不可能把这些想法都写下来。那么先说什么，如何结构文章，如何选择材料，让表达的内容，在有限的空间里，展现最丰富的意蕴，是需要条理性和层层递进的，这就需要表达的艺术技巧。

文章开头，破空而来："听到老家门窗丢失的消息时，我正在县城的住所收拾煤块……准备迎接一年一度的寒冬。"由寒冬至，想起离开老屋已久，于是荡开笔墨，插入从母亲去世到老屋门窗丢失，老屋、家乡、自己的心绪的林林总总。

作者先写，打发完母亲，村里的大娘大婶临别嘱咐"常回来"，已经不能常回了，没有了父母，已然无家了。接着写自己为参加朋友婚礼回村，近在咫尺却不敢回老屋的伤悲。然后，作者每次遥望故乡，则所思历历，而老屋日见"苍老"，接下来，是大量的关于老屋逐渐苍老的点滴：夜雨敲窗时的挂念；乡人堵路的寝食难安，想论理又不争的怅然；不拆土屋想留下的念想；对家什丢不得又怕睹物思人的左右为难；洪涝中对土屋的担心和得知小屋独存时的庆幸。

文章的材料有详有略，有密有疏，在叙事的基础上抒情，有喜有忧有痛有惆怅，剪裁恰到好处。

在我因小屋独存开怀痛饮的三个月后，突闻老家门窗丢失，文章这时回忆停止，叙述与开头相接。"我"奔回故乡，看到"失去了门窗的小屋睁着黑洞洞的眼睛"，后墙坍塌，屋里一物不存，心中酸楚。结尾，作者照应前文乡亲们送"我"的长长嘱咐，"我"哽咽着对送别的乡亲们说："不知道啥时候再回咱们村呢？"文章收束在回答不了或者不需回答的沉痛的问话里，结构浑然天成。

（赵晓燕）

继 父

初见继父，我刚刚能够记事，那时他五十多岁，眼睛细小且视力模糊，面部布满疤痕，身材瘦削而奇高。

二十多年前，我们举家准备搬迁到继父家。走前一夜，娘紧紧地搂抱着我，眼泪如珠子般往下掉。

"娘，哭什么呀？"我害怕地问。

"猪肉贴不在羊身上，娘怕你到了那边受气！"

那年，我六岁。

时光如流水，几年过去了，我到了上学的年龄。有一回继父进城，拿回几个本本，几支铅笔，对我说："明天，我送你去上学！"我说："不。"继父眼睛一瞪："由不得你。"我哭着在院中打滚，继父看了我娘一眼，一把从地上拉起我，狠狠地踢了一脚："走！"

这一脚，使我走上了人生历程的第一步。从此，我与学校结下了不解之缘，不管是近在咫尺的乡村小学，无论是旅途艰难的县城中学，或者是需要不断换乘车辆的高等学府……

我上高中的时候，有一回，继父进城来给我送干粮。坐在教室的窗户旁，我远远地注视着继父，他干瘦高大的身躯徘徊在教室对面的林荫小道上，耐心地等待着下课的钟声。

我问继父："又是步行来的？"

继父塞给我一摞饼子，很轻快地笑了："坐车贵巴巴的，来回路费正好买十个饼。"

我又问继父："我月月拿面,家里早没吃的了吧?"继父说:"有哩,你娘拾了些臭山药,推成面,挺筋,也好吃。"我低头不语了,我清楚继父和娘过的是怎样的生活,心里阵阵难过。

继父又从腰里摸索出二十块钱,仍旧是很轻松地一笑:"我把咱家的一只羊卖了。昨天公社来人到咱村,要招待,队里肯出好价钱。"我的心里更增添了几分酸楚。

停了一会儿,我对继父说:"快过午了,你就在这里吃饭吧。"继父摇摇头:"天短了,怕回不去,再说,我不是你的亲爹,同学们会难为你的。"我见继父执意不从,只好说:"坐客车回去吧,你的眼睛又不好……"

我从二十块钱当中取出一块,放在继父手里。继父的手颤抖起来,很动感情地说:"难为你还念叨着我,我无牵无挂,只有你这么一个亲人啦。"

我考上大学那年,通知书发至我们家,继父和我娘都哭成了泪人。继父把通知书贴到眼前,利用他早年认下的几个字,磕磕巴巴地向娘解释着这,解释着那,一家人高兴得不知道说什么好。

有一年清明节,继父对我说:"回去给你爹上上坟!"

继父递给我一个篮子,里面是他亲手置办的祭品,"你上学了,你爹不知道,一来报个信,二来送几个零花钱,养儿都是有指望的。"继父絮叨地嘱咐我。

爹的坟在一片杨树丛中,那天细雨霏霏,我在父亲的坟前感慨万千,泪眼婆娑。

那年八月十五,我买了些水果、月饼,割了几斤肉,打点了一包带回家去。继父接过我递给他的一只"迎宾"烟,很香甜地吸了一口。我把一串葡萄递给母亲,她双手捧住,问:"这是甚吃喝?"继父把它端到眼前,尔后,很有些不屑地说:"葡萄哇,我年轻那阵子在呼市吃过一回,上讲究东西!"

我把脸转向窗户,眼泪簌簌直往下掉。

近年来,有多少人对亲爹亲娘尚不事赡养义务,又有多少骨肉子女因失去父母之爱而浪迹街头。每当此时,我就想起我的继父,想起那位在贫穷中挣扎了一辈子的人,却有着泉水般明澈照人的心灵:朴实无华,温暖善良,不争春荣,笑迎秋霜。

赏 析

《继父》是同类题材散文中的精品、名篇,感动了千万人。

无论是人物的白描,还是细节描写,典型环境下的典型塑造,乃至于语言的运用,都有可资学习之处。

"那时他五十多岁,眼睛细小且视力模糊,面部布满疤痕,身材瘦削而奇高。"这是白描手法,写出了继父的"丑",眼睛小还近视,身材瘦还高得吓人。

作品中几次提到继父的眼睛:初见继父时他的眼睛"细小且视力模糊"。当他考上大学,继父把录取通知书"贴到眼前",高兴地向他母亲解释着这解释着那。当他工作后给家里买回吃喝,继父把葡萄"端到眼前"帮他母亲辨认。这些细节描写,加深了读者对因视力差而生活、生产都十分困难的继父的敬重,增强了文学感染力。

作者到了读书年龄,继父要送他去上学,他说,"不",并哭着在院中打滚。此时继父一把将他从地上拉起来,"看了我娘一眼",然后狠狠地踢了他一脚,"走"!正是这狠狠的一脚,"使我走上了人生历程的第一步"。继父的这一脚使我们对他肃然起敬,敬在哪里?敬在他对养子的爱;敬在这不是他亲生的骨肉,他踢这一脚有多难。"看了我娘一眼",既是典型环境下的典型人物的表现,也是十分准确的细节描写，使人感慨万端。

　　作者上高中时，继父给他送来的一摞饼子，是继父舍不得坐客车，用节省下的路费买的。继父给他掏出二十块钱，是家里卖羊的钱。他留继父吃午饭，继父摇摇头："天短了，怕回不去，再说，我不是你的亲爹，同学们会难为你的。"读到这里，我们强忍的眼泪禁不住夺眶而出。因为继父爱他不仅在于物质，更在于心灵。

　　《继父》的结尾，气人感叹继父有着泉水般明澈照人的心灵：风风雨雨，长流不止，不争春荣，笑迎秋霜。这是比喻，通过泉水的源源不绝，迎风傲霜来衬托继父宽广无私的爱，以及他高洁的情怀。风风雨雨及其后的十六个字，字数相同，结构不同，上下文承接、递进，属于对偶中的串对（流水对）。文学语言要从古诗文中吸取营养，白话文是由古汉语发展演变而来的，写好散文，需要古诗文的底子。另外《继父》结尾的这段话，也是对读者强烈感动的舒缓，精神上的升华。

（李恒）

　　李恒，男，1954年生，山西省五寨县人。五寨县文联刊物《清涟》资深编辑。《五寨文史》编校，乾隆版《五寨县志》点校，全国第二轮修志《五寨县志》编辑。

母亲的手

前些天,在高墙框交通养殖场打工的二哥来电话,让我再看他时一定要给他买两副手套。他是个光棍,又失业了,以放羊为生,终年行走野外,每到冬天,双手都要起冻疮。

他的电话,使我不由得想起了母亲。母亲的手和二哥的一样,短粗、壮实。那是一双终生劳碌、饱尝了艰辛与苦难、粗糙和变形的手。

这双手青筋暴露,指甲扁平凹陷,皮肉甚至指甲的凹陷处,渗嵌着永远洗不掉的污垢。记得我上小学二年级时还穿着开裆裤。一天下午,母亲到学校,拿着缝补好的棉裤给我换上,她的手滚烫烫的,那种热流似乎至今还留在我身上。那时,每逢晚上睡下,母亲便把手伸进我的头发,给我捉虱子。不知有多少回,在热乎乎的搔痒和抚摸中,我进入甜蜜的梦乡。

母亲生过八个孩子,老大叫金和,放猪时被洪水冲走;老六叫荣和,跟父亲打柴,冰上摔了一跤,死了;老七叫旺旺,头上起了大包,疼痛难忍,央人割开,死了。老三、老四、老五生在口外,都送人收养了。去年春天,我到内蒙古武川县寻访亲人,老三霍粮换,已在改革开放初期回到家乡,因家庭成分是富农,没有成家,和母亲在一起生活过;老四宋玉明,成家立业,在武川哈乐镇行医;老五岳登丞,十五岁时因肠梗阻去世了,而母亲在1988年下世,这些,她都不可能知道了。

小时的我常常在夜晚睡熟时,被一骨碌爬起来的母亲连摇带掐,还伴着她的呼喊。直到她的这一系列动作完成，母亲才会放心入睡。

母亲生养多，孩子落地不几天身体没缓过来就得干活。二月里春寒没吃的，六月里抢收拔麦子，秋雨里跪地起山药，雪夜里灯下补衣服，她的手从此落下酸麻的毛病。我小时常常破衣烂衫，每当掌灯时分，母亲就盘腿坐在炕头，给我缝缝补补。冬天没火炉，纸糊的窗户外寒风阵阵，不时能听到河道冰块的爆裂声。半夜醒来，窗外月光清寒，户内一灯如豆。常常看到母亲把手拢到油灯上，烤了手心烤手背；或者，把双手捂在嘴上，呼呼地呵热气；要么是把手压在身下，慢慢复苏那双麻木的手。

母亲生前有个外号，叫"忙老人"。无论是农业社出工，还是分田后出地，她总是一溜小跑。锄田、拔田、割田，两只手总比别人忙乎。有一年，队里开了一块地种党参，让母亲管理。她一个人趴在地里，又是拔草，又是锄地，忙得连汗都顾不上擦。社员们中途休息，母亲就到附近拔一年蓬、野菜，收工后背回家。

夏天，拉田的大车在回头转弯处刮下的豌豆，秋天，没捆紧的黑豆秸丢在路上，她都要夹在腋下。有时看到地里的几颗豆子，一把碎布，总要装进口袋。不出工时，她走在街上、场面，看到柴草杂物，木头骨头都要带回家。有一回，她在场面担柴，支书孙德堂偷偷把一块石头放进她的箩筐，她一直担回家。后来和人们说起时，惹得大家哄堂大笑。

早晨吃完饭，她到翻耕地里拾山药；火热的晌午，她到菜地压葫芦蔓，而忙得锅总在下顿饭前才洗。

她蒸不了馒头，也不会压粉，更不会焖大米饭，原因是白面她很难见到，粉条很少吃到，大米更是稀罕之物。后来，每到过年压粉，总要请别人帮忙。

从我记事起，从未见过母亲剪指甲。春种秋收、捡豆搂柴、捋谷剥米、掏火挖灰、炒莜麦、泥灶火、洗山药、裱窗缝、捡破烂、养猪养羊还喂鸡，终年胼手胝足，指甲似乎没有生长的机会。

深秋拔割豆子、起山药，母亲的手就到处是皲裂的口子。里屋的门头上放着一根猪牙骨。晚饭过后，继父把猪牙骨取下来，点起油灯，取出一根大针叉。先把猪油抹在她手上的裂缝里，然后把烧红的针叉按在裂口上。其时，听得丝丝发响，升起焦煳的青烟，母亲咬着牙，额头上滚动着豆大的汗珠。

我上高中那些年，母亲每年都要喂三口猪。那是农村经济大萧条时期，家家户户粮食都不够吃。为了把猪养大卖钱，每年春天，等队里种完山药，母亲和继父就到窨口边，把那些腐烂的山药担回家，晒干、磨烂，当饭吃。把省下的粮食粜了周转，把人吃的米面喂了猪。

每天，母亲把猪食煮好，端进猪圈，坐在旁边看它们吃。吃完后，给它们捉虱子、挠痒。夏秋季节，阴雨连绵，雨过天晴后，猪圈里一片"汪洋"，猪泡在水里，仅能露出头。这种时候，母亲就脱掉鞋子，挽起裤脚，爬进猪圈，一盆盆地往外扤水。猪圈里漂着猪粪、鸡毛、柴草杂物。扤完水，她还要把脚底的稀糊糊收进盆里，再倒出去。她是小脚，年纪大了，要把猪圈收拾干净，再垫上土，分外不易。有一回，在外帮忙的继父听见她发出一声闷哼，赶紧跑过去，只见她那双沾满泥粪的手顷刻间被鲜血染红，疼得浑身直打哆嗦。原来，她只顾埋头干活，谁想双手竟然插在玻璃碴上……

给二哥送去手套，返回时路过母亲坟头。正是数九天气，大雪覆盖了整个山川。我不由得双膝跪地，大喊一声："妈，儿让您受苦了！"

赏析

母亲的手是怎样的一双手呢？

文章运用了特写："青筋暴露……渗嵌着永远洗不掉的污垢。"

这样的一双手，是劳动人民特有的。有过生活经验的人都知道，手部暴露的青筋主要在手背上，缘于劳作的时间长、强度大。母亲一生劳碌，自然手也只有一种命运——粗糙、变形。"皮肉甚至指甲的凹陷处，渗嵌着永远洗不掉的污垢"，动词"渗嵌"尤为传神，写出了因年深日久污垢已经穿透皮肤，渗入肌理的特点。

母亲的手不用剪指甲。"春种秋收……养猪养羊还喂鸡"，整句散句杂用，写出了母亲平日里劳动频率高，以至于新长出来的指甲总是被磨掉、不能长长的特点。

母亲的手，是一双不停劳作的手。"二月里春寒没吃的……雪夜里灯下补衣服"，运用排比，描写了母亲一年四季劳作的场景，强调了母亲从春到冬不是在田地间就是在家中辛苦劳作。"早晨吃完饭……她到菜地压葫芦蔓。"写出从早到晚，母亲一刻不得闲，就连中午这样的休息时间都在忙碌。

母亲的双手终日劳作，免不了受伤。

关于受伤，文章写了两处：一处写手如何受伤，"母亲只顾埋头干活，谁想双手竟然插在玻璃碴上"。这次意外，让母亲的双手"顷刻间被鲜血染红，浑身直打哆嗦"。一处写受伤后如何处理，继父"把猪油抹在她手上的裂缝里，然后把烧红的针叉按在裂口上"，结果母亲疼得"额头上滚动着豆大的汗珠"。

不管怎样疼痛，母亲终究是咬咬牙忍了下来，母亲的一生不也是这样吗？

（秦云霞）

秦云霞，女，中国人民大学毕业，大同市二中高中语文教师，中教一级。

四只眼睛

继父此生，不算个好劳力。

他双眼视力低下，腿迟脚慢，身体瘦骨嶙峋的，对于农村的粗细活路都很不在行，因之，农业社时期，耕地就成了他唯一能干的行当。每年春秋两季，他牵牛背犁，赤脚行走在墒沟；一手扶犁，一手握着鞭子叉着腰；吆牛的声音苍凉而悠远，夕阳下的影子细长而弯曲。

分田之后，继父和我母亲都已年近六旬，继父再不能重操旧业，于是老夫妻俩便终日操持在自家田里。

除草季节，布谷声声，天色微白，老夫妻俩已向远离村庄的田野走去。那情景，一奇高，一矮小；一缓慢，一急促。麻雀在他们前头一伙一伙的，像斜飘的云，黑压压地飞起来。

继父和母亲都持一把鹤锄，继父是高度近视，还患有白内障，除草时须匍匐在麦垄间，屁股撅得老高，为除掉一株草，眼睛总要凑近庄稼，所以速度很慢，总是被母亲甩出很远。

母亲也患有多年的眼疾，她生过八个孩子，四个早夭；存活的四个，成年后还有两个打光棍——死去的使她伤心，孤身的让她焦心，无论是伤心还是焦心，都不免流泪。一年一年的，致使睫毛倒伏，磨擦眼球，黑体减少，眼睑通红。为减少痛苦，便拔掉睫毛，但眼睛从此光秃秃没了遮拦。晴和天气，只要干活，细草碎叶会随时落进她的眼睛；春去秋来，风大沙多，沙粒会射进她的眼睛，麦芒会扎进她的眼睛；盛夏季节，大汗淋漓，汗水会流入她的眼睛，蚊蝇会一头撞进她的眼睛。

母亲虽然有眼疾，但还能看得清。她做的活尽管不算好，可走路快似一阵风，双手忙不停，是个急性子，家里家外的活儿主要是靠她。而继父下地，其实只是一种象征，与其说是干活，倒不如说是安全保卫，给我母亲壮壮胆。此外，他还有一个重要任务，就是能够随时为我母亲清除眼障。

参加工作的第二个年头，有一个早春的傍晚，我骑自行车回村，到了家中发现无人，便寻到野外。那天，钟声催晚，夕阳在山，晚霞染红了天际。快到他们跟前时，我手搭凉棚望去，只见继父一手托着母亲的后脑，一手分开母亲的眼皮，慢慢伸出舌头，在母亲的眼睑中舔来舔去。舐过之后，母亲揉揉眼睛，舒心地笑了。多少年来，每当这个时辰，蟋蟀应节而歌之时，我的眼中便会不由自主地浮现出继父和母亲四目相对的情景——贫贱夫妻，相濡以沫。

1988年秋天，继父和我母亲双双走到了人生的尽头，我接他们俩住院，继父说："不要管我了，我这是死症候，快把你妈接走吧！"

母亲入院治疗，但疗效甚微。我儿子过周岁那天的正午时分，哥哥来了，悄悄地告诉我们说，老汉已经走了。母亲以为哥哥是来接她回家的，问我要了一盒烟，又问我媳妇要了几头蒜，絮絮叨叨地说："你们给我拿点肉，回去给他吃顿饺子！"

唉！到今年，继父和我母亲下世已经三十一年了。每年八月十五之夜，我都要走出野外，独自仰望月亮，看着看着，那银盘似的月亮就幻化成西天的晚霞，照得大地红彤彤的。

赏 析

"四只眼睛"是什么？带着好奇阅读，原来农夫继父双眼高度近视，而母亲则遭受生离死别又积劳成疾。这样的一对靠务农生存的人，却在艰难的生活中相互扶助，当继父为母亲舔过病眼，夕阳中，四目相对舒心而笑时，我们心底升腾起了感动和震撼：相濡以沫，这个字典上的词，才有了如此切实的感受。"四只眼睛"的平淡用词和文章细节的感人形成了巨大情感震撼。

对于这种感动和震撼，景物的作用功不可没。作者将劳作和生活的细节放在夕阳晚霞的背景中，情感和文章的意蕴便更深更长更浩大了。

"每年春秋两季，他牵牛背犁，赤脚行走在墒沟；一手扶犁，一手握着鞭子叉着腰；吆牛的声音苍凉而悠远，夕阳下的影子细长而弯曲"，这幅画面，春来秋往的每一天里，苍凉悠远的声音，细长弯曲的身影，印嵌在遥远的夕阳里，时间和空间的景深中，有声有色有光，人卑微又坚强，生活艰难而不乏温暖，情感充满爱意却又满含悲悯，景象苍凉宏大，意蕴深远悠长。

再比如："钟声催晚，夕阳在山，晚霞染红了天际。"这样的背景下，继父为母亲舔眼，"母亲揉揉眼睛，舒心地笑了"。而"我""每当这个时辰，蟋蟀应节而歌之时，我的眼中便会不由自主地浮现出继父和母亲四目相对的情景"。继父和母亲下世后，"我"每每"仰望月亮"，"那银盘似的月亮就幻化成西天的晚霞"。

这种用夕阳之景来营造意蕴的方式，古诗词里很多："西风残照，汉家陵阙""斜阳草树，寻常巷陌""夕阳无限好，只是近黄昏"……表达情感不尽相同，但营造美感、扩大意蕴的方式和效果相近，与单纯靠细节相比，这又更上了一层。

（赵晓燕）

飘动的白纱巾

这是一年夏天的事儿。

夏锄刚刚结束，城里的舅舅捎话来了，让我到他们的服装店帮一个月的忙。

临出村时，继父塞给我三块钱，我用其中的一块买了蜡烛，把其余两块装入破裤的口袋中。我想用这点钱给我母亲买块纱巾。母亲那时都快七十的人啦，锄田时还罩着一块黑头巾，焦黑的脸上流淌着擦不完的汗水。夜深之后，我复习完课程，吹熄蜡烛，想象着母亲罩上一块洁白的纱巾，走在翠绿的田野，有清凉的风徐徐吹过。

第二天，下了一场瓢泼大雨，街面上流水潺潺。这时候，我发现一位身着黑大褂的乡下大娘正站在门口朝店里张望。再细看，我差点惊叫起来，因为她长得太像我母亲了，那脸庞、那举止，还有那一身寒酸的衣着。特别是，她的头上也罩着一条跟我母亲一样的黑头巾。走近一步，我还看到，大娘的身后还紧紧拉着一个盲人。他四十多岁，频频地翻动着眼皮，可以看得清他眼中的白翳。他轻轻推着大娘说："妈，咱们进去吧。"这母子俩走进店门，我问他们："你们要点什么？"盲人说："买条纱巾，多少钱？"我刚要说"两块"，那边我妗子大声说"四块"。盲人听了，失望地垂下了头，好一会儿才抬了起来，眼皮紧张地颤抖着："能不能少点？我就两块钱。"妗子"哼"了一声，说："不卖，隔壁发财去！"大娘说："孩子，你从来没进过城，不是说让妈领着逛逛城吗？妈有头巾，咱们快走吧。"

这老娘和瞎儿搀扶着走出了店门，我心里一阵悲伤。他们从哪里来，要往哪里去呢？那年月村里穷，这瞎眼的儿子是怎样弄到这两块钱的？是卖鸡蛋，还是挖甘草？他可能是生平第一次拿到这张大钱，或许他曾经千百次地摩挲过，想为母亲尽点孝道。他从小拖累着母亲，梦想着买条纱巾，来报答她的恩情，让她也尝尝养儿生子的快乐，为人母的幸福。这个愿望他今天错过，今生是否还能够有机会实现？

想到这里，我解开别针，从口袋里掏出那两块钱，跑出店门，拉住那母子俩，说："两块钱卖给你们，回来拿吧！"我把一条洁白的纱巾递到他们母子手中。瞎儿颤抖着双手，摸住了母亲头上的那块黑头巾，解下来，塞进怀里。然后，他把那条纱巾披在母亲的头上，在她下巴的部位摸摸索索地打了一个结。我站在旁边，看到有很大两颗泪珠儿涌出老人的眼眶，悠悠地顺着她纵横交错的皱纹往下淌，渐渐汇聚到她凹瘪的嘴唇上。

他们母子顺着雨后的街道慢慢远去了，新雨初霁，金黄的太阳照耀着他们。那条白纱巾在清风的吹动下，轻轻地飘拂着。我回家那天，舅舅看着我一个劲儿地抽烟，后来说："你那件褂子飞了花，我给你件新的吧。"我说："舅舅，我想给我妈买条纱巾。"舅舅叹了口气说："你妈一辈子骨头硬，她的儿也像她！"

那天我回到村里，一进门，继父就说："你妈天天心焦你哩。"我听了，泪水不争气地流了下来。

泪水迷蒙中，我看到，在蔚蓝的天空下，飘动着一条洁白的纱巾，如佛光般圣洁。

赏析

文学作品是离不开想象和虚构的。写人记事的散文也不应该例外。

但文学作品又讲究真实，不真实不会感人。那么，虚构的内容如何让人觉得真实感人呢？想象的作用又是什么呢？

"我"想要给多少年罩一块黑头巾的母亲买一块纱巾，夜深复习完课程，吹熄蜡烛，"想象着母亲罩上一块洁白的纱巾，走在翠绿的田野，有清凉的风徐徐吹过。"这是一个想象的细节，有人会问，是不是美好过度了，有虚假之嫌？不是。这样的想象从内容上看，是合情理的；从细节上讲，白纱巾、翠绿的田野、徐徐吹过的风，都是真实的。这样的想象，正好映衬出母亲的现实状态，更传达出儿子想为母亲做些什么的美好而喜悦的情感，这种情感也是真实的。因此，这个想象的细节放在现实的描写中，不仅没有违和感，反而能增添文章意蕴。

同样，文章末尾"泪水迷蒙中，我看到，在蔚蓝的天空下，飘动着一条洁白的纱巾，如佛光般圣洁"的想象虚化描写，因为情感和细节的真实，使文章的结尾意味深长。

情节的虚构也是如此。不排除盲人母子俩买纱巾的虚构性，但是，作者对盲人眼睛的描写，对四十岁盲儿想为相依为命的老母亲买纱巾的神态动作的描写，对老母亲的神态描写，以及由此传达出的心理都很真实，而这个细节的真实和真挚引起了作者的共鸣，附着了作者的真情，也引发了读者的共鸣，还丰富了文章的内容。

所以，写文章不一定要事件的真实，只要做到细节和情感的真实，想象和虚构同样感人。

（赵晓燕）

蓝蓝的天上白云飘

九岁那年,我们家从队里分回两只羊。

那是两只很普通的绵羊,白的。一只的眼睛周围有圈黑,我们叫它黑眼圈;另一只长着一对又尖又小的耳朵,我们便唤它麻耳朵。不过它们的尾巴都相当大,奔跑起来,一坠一坠的。

这是两只母羊,牙口相当整齐,因之爹娘都很高兴,说,用不了几年,就能繁殖出一大群了。

在农村,人们说谁们家"像个人家",有"人烟",往往离不开这些家禽家畜。鸡鸣在清晨,猪哼在晌午,羊群在薄暮时分奔向各家各户,人们如牛负重般的日子就充满了生机,生活也就有了意义和盼头。鸡鸣声中,娘爬起来掏灰捅火,各家各户的烟囱里飘动着缕缕炊烟。爹中午从田间回来,顺手从鸡窝里摸出一只红润润的鸡蛋。傍晚,鸡、猪、羊拥挤一院,同时"开饭"。大羊要吃料,小羊要吃奶,同类不同类之间争食,院子里闹哄哄一片。这种时候,爹娘就袖手靠在窗前,相顾一笑。他们对牲畜亲热的呵骂声流淌着庄稼人对自己家园的温情与厚爱。多少年来,只要想到家这个概念,我的眼前立时会浮现出这一幕甜美幸福的景象。

那两只羊日后果然没有辜负我们的厚望,几年之中繁殖了五六头。

养羊要辛苦,更要耐心。寒冬腊月天,一只母羊快生产了,父亲总要穿上衣服，三番五次往圈里跑，怕新生的小羔羊被压死、冻坏。天明后我醒来，见炕头最热的地方，用棉衣包着一只长着黑色脑袋的羊羔。它"咩咩"地叫着，前跄后仰地往起站立。新生的羊羔不能随大羊出群，得留在家里长一段时间。小羊羔能够站立之后，就在炕上四处蹦跶，它有时卧在被子旁边，有时靠在母亲身边，还要把脑袋枕在她腿上，甜甜地做着好梦。羊也懂得感情，日久天长，与人就很难分离。母亲要出院上街，小羊就会跳下地尾随着她。母亲若上炕，小羊就跟着往上蹿，掉下去之后，再往上跳。遇此情况，母亲就会下地，把它像孩子一样抱上来。

我们家的每只羊羔都是这样养大的，直到它们能跟着大羊出群。羊与我们一家的生活水乳交融。每天清晨，我打开羊圈，把羊轰往场子。傍晚，羊回得迟了些，我和父亲就站在村头东张西望。直到听见羊倌的呼哨与鞭声，才不再担心。

六七月是暴雨和洪水高发的季节。有一年夏天的傍晚，倾盆大雨过后，村南的河道里洪水滔天，一片汪洋。这天，我们村的羊群被洪水隔断，一起拥在河对岸的高坡上。羊倌一声声向村里呼救。全村的乡亲们都争先恐后地往河边跑。父亲拉着我的手跑得上气不接下气。人们都站在河岸边，望着震耳欲聋的河水一筹莫展。

那时候，村里有民兵连，民兵连有一把军号，军号一吹，全村四十多个后生齐刷刷地站在河岸上。支书说："咱全村乡亲们的命根根都在你们身上，一定要把羊一个不少地救回来！"那天的场面格外壮观，十来个平板车被捆缚在一起，四十多个民兵穿着短裤下了水，喊着响亮的号子向对岸"进军"。大娘、媳妇、姑娘们呼儿唤夫地叫哥哥："当心啊当心！"天黑之后，先是车倌提来了马灯，后是各家各户都拿来了纸糊的灯笼，河岸上一片"繁星"。到半夜时分，全村的羊一只不少地被救回来了。

二十多年过去了，当年我们村民兵连的后生们都已是人过中年了吧！静夜时分想起他们，故乡便如一轮明月照在心头。

困难时期，羊帮助贫困地区的人渡过了无数难关，它给我们换来了救命粮，换来了油、盐、醋，用它换来的钱供给我们念书识字。

羊是如此重要，一旦失去它们，对我们的打击便格外沉重。

有一年秋天，羊倌在村南的崖上呼喊着爹的名字。我和爹急急忙忙来到崖下，只见那头在我们炕上长大的黑头母羊摔死在沟底，那时，它已怀了小羊，即将分娩，它的尾巴底下鲜血淋漓。我和爹抬着羊往家走，爹悲伤万分，哽咽着说："它都快生了，本应留在家里。"

我和羊彻底分离是在1988年。那年爹娘先后辞世。爹临终前嘱咐我，把我家现存的五头羊卖掉，以还清我结婚时欠下的债务。羊被卖在离我村十五里的火烧岭。那天早上，它们一律没有出群。买主给了我五百元钱，把羊赶出圈门。羊一声声哀鸣着，用鞭杆赶出院子，又跑了回来。我给它们端出精饲料，可它们一口也不吃。我对它们说："走吧，走吧！从此以后，我也没家了，你们各奔东西吧！"羊听了我的话，在院子里绕了几圈，叫了几声，都围在我身旁，我拍拍这只，抱抱那只，一起长大的"伙伴"即将远去，从此将不能再聚，我的眼里不由得扑簌簌掉下泪来。

不觉离家七八年了。这几年，曾有两次路过买走我家羊的那个村子。我忽然很渴望再看看我们家的那几只绵羊。黑眼圈、麻耳朵还在吗？它们又繁殖了几只羊羔？它们老了，还能认出昔日的主人吗？我还能在羊群中认出它们来吗？

这几年，我走在野外，总在寻找着羊群的影子，我不知道，在那蓝蓝的天空下面，在那长满青草的黄土高坡上，有没有我们家的绵羊？我只知道，故乡和亲人离我是越来越远了。在那远去的群山、疾驰的流云下面，哪儿是生我养我的家？

赏 析

《蓝蓝的天上白云飘》是一曲饱含深情的家乡恋歌。

作者写蓝天白云不过是借景记事抒情，其真实意图并不在天上，而是生我养我的家，我的亲人，我的故乡。而作者怀念亲人、故乡时，绕不开的是羊，是蓝蓝的天空下流动的羊群。

困难时期，是羊换来"救命粮，换来了油、盐、醋"，是羊换来的钱"供给我们念书识字"，让我们有了改变命运的可能和机会，所以我们极其珍视它们。

家人尽心尽力地照顾着羊——母羊生产时父亲三番五次往羊圈跑，小羊生下来后养在炕头。"黑眼圈"和"麻耳朵"是在我们家炕头长大的，它们上不了炕，母亲便会像孩子一样把它们抱上来。

在洪水面前，我们村民兵连的四十多个后生，冒着生命危险，奋力抢救因洪水隔断回不了村的羊群。四十多个民兵穿着短裤下了水，大娘、媳妇、姑娘们呼儿唤夫叫哥哥："当心啊当心！"天黑之后，先是车倌提来了马灯，后是各家各户都拿来了纸糊的灯笼，河岸上一片繁星。到半夜时分，全村的羊一只不少地救回来了。

二十多年过去了，当年我们村民兵连的后生们都已是人过中年了吧！静夜时分想起他们，故乡便如一轮明月照在心头。

羊连着家，连着父亲母亲，连着故乡的后生们，连着作者儿时虽然贫穷但却充满温馨的心灵世界，所以难以忘却，挥之不去。

飘动的白云，往往和行踪不定的游子联系在一起，而以蓝天白云中为活动背景的羊群则是温馨家园的象征。当我因爹娘先后辞世不得不把家中的五只羊卖掉时，流离失所的何止是羊，更是我这个离家的游子。

文末这几年我总想找找绵羊的影子，其实真正寻找的是故乡和亲人，还有生我养我的家！

（秦云霞）

放羊的哥哥进城来

又快过年了。城里是如蚁般蜂拥购物的红男绿女，街头上或清脆或沉闷的爆竹次第燃放，车站的大门口浓浓地飘溢着亲人团聚的那份欢欣与喜悦。

老家的乡亲们进城来了，一遍一遍地对我说："你放羊的哥哥要进城。"他们又一个一个地嘱咐我说，"你们千万不要难为他，他光棍失业的，再说如今也老了，常念叨你们的孩子，说等收了羊上钱，一定要来看看，就怕你们不热待他。"

我听了伤心异常，只是连连说："唉！哪能呢，哪能呢？"

细算起来，哥哥今年已是四十七岁的人啦。父母在世时，他睡着热炕吃着热饭，二老一旦亡故，家中灰清冷火，一片狼藉。于是他便上了西山，甩着羊鞭爬沟上梁，不管是夏暑酷热，暴雨飞雪，天寒地冻，草生树长。一年四季常看的是日落月升。

那年，母亲死了，我送哥哥到西山放羊，路上嘱咐他说："夏天雷声多，不要在树下避雨；冬天大雪封山，小心擦在沟里。"我也曾一再对他说："攒两个钱，遇上寡妇人家，痴哑愣女娶过来，也是一户人家。"而他却总是说："兄弟，哥哥这辈子完了，你拉扯好孩子，咱家有了根，哥哥就感谢不尽了。"

我结婚之后，哥哥曾经来过，肩上系了两个小板凳，对我的妻说："扇火坐着，劳累了一天，回家就做饭就歇息，不要累坏了！"

这几年,进城久了,弟兄数年不见,我也就渐渐忘却了他的不好,忘却了在艰难时期我们弟兄间的种种纠葛。

那年的年三十熬年守岁,爹妈早早睡了。这个年我家仅割了三斤肉,醋一斤没买,年越过越没有起色,那满街筒稀稀落落的爆竹声预示了那个令人寒心的时代,一切是多么的不景气。

我趴在炕上看着一本数学书。半夜时分,听得窗外有人呼叫:"数子,数子,快来背你哥哥,他在我们家喝醉了。"听声音我就知道,这是哥哥的那个女人的男人。

我背着哥哥走向了大街。那个夜晚没有月亮,四周黑魆魆一片,寒冷的西北风直扑人面。有人在街面上轻轻走过,像鬼一样无声无息。我感到背上万般沉重,想着年迈的老父老母,想着这一家人黯淡的人生之路,想到自己的将来,想到了由于家穷而造成的兄弟疏离,浑身直打哆嗦,眼前直冒金星。快进家门时,背上的哥哥吐了,灌了我满脖子满脸的秽物,我终于把持不住自己,眼泪成串地和着鼻涕,哗哗地直往下掉,大吼一声:"你这个毛驴,你这个毛驴!"就把他甩到了地上。

当然,有时我也会记起,那年哥哥与我们分家的桩桩件件,他把家里可怜的口粮舀走了一半,还要分羊和鸡,我上前阻拦,被他揪住脖颈甩了两个耳光。

当然,父母要活着的话也不会忘了,他们在生命垂危之时,为了保住那五只羊,怕让哥哥暗中给卖了,竟不惜托人把它们寄放在了遥远的山庄窝铺。

可是,更多的时候,我会想起哥哥的种种好处。老父老母病了,我远在县城,是他为他们端屎倒尿,寻医问药,村人们都说:"孬儿也有指望。"

埋父亲时，我们弟兄要背棺材的大头，我刚刚弯腰扳住了棺材底，哥哥就一把拉开了我。给母亲打墓时，尺寸已够，我左手端衣饭钵，右手握着笤帚，要跳下坑去扫平浮土，除掉脚印，是哥哥从后边拉住了我。哥哥说："你热热乐乐一家人，留下脚印不好，哥哥没啥好怕的。"言罢，跳了下去。

我有了儿子后，哥哥有一回进城，曾对我说："等哥哥放羊攒了钱，你们再生一个，不要怕罚。"

前年，村中朋友结婚，我们乘车回去了，席间大家喝得正酣，我忽然发现，哥哥戴着兔皮帽子，穿着不合体的衣服，手中握着一根鞭杆趴在玻璃窗上往里望，因为湿气大，他不停地用手擦拭玻璃。等我跳下炕，挤出人群奔出院子后，哥哥已经不见了，有人告诉我说："他听说你要回来，一大早就从西山上赶回来了。说见了你就行了，进去怕给你丢人现眼。"

唉！我那苦命的哥哥，你何时才能进城来。等到那春暖花开之时，咱们弟兄相跟着到爹妈的坟上去。你不要哭，你一哭兄弟我也伤心。

赏 析

人们常把兄弟比作手足，老话说"手足情深"，即指兄弟之间的情感。《放羊的哥哥进城来》就是书写"手足情深"的名篇，发表后引起极大反响。

这是一篇催人泪下的散文。它是如何做到这一点的呢？

一、欲扬先抑，以"丑"示人。哥哥是光棍（独身），在村里有个相好的，俗称"拉边套"。除夕夜，哥哥在这家喝醉了，"我"去背，他吐了，"灌了我满脖子满脸的秽物"；他要分家，"把家里可怜的口粮舀走一半，还要分羊和鸡，我上前阻拦，被他揪住脖颈甩了两个耳

040 / 乡土印记

光"；家里仅有的五只羊，父母怕哥哥给卖了，托人寄放在遥远的山庄窝铺。哥哥是很不成器的，父母年老，弟弟求学，作为家中顶梁柱的哥哥竟然如此不堪，难怪作者一把将他甩到地上，大骂："你这个毛驴！"

这是哥哥的"丑"，但哥哥也有好的地方，父母生病时，是哥哥为他们"端屎倒尿，寻医问药"。父亲亡故，"我们弟兄要背棺材的大头，我刚刚弯腰扳住了棺材底，哥哥就一把拉开了我。给母亲打墓时，尺寸已够，我左手端衣饭钵，右手握着笤帚，要跳下坑去扫平浮土，除掉脚印，是哥哥从后边拉住了我。"哥哥说："你热热乐乐一家人，留下脚印不好，哥哥没啥好怕的。"言罢，跳了下去。

二、动人的细节描写。比如：我结婚之后，哥哥曾经来过，肩上系了两个小板凳，对我的妻说："扇火坐着，劳累了一天，回家就做饭就歇息，不要累坏了！""我"回村参加朋友的婚礼，席间，"我忽然发现，哥哥戴着兔皮帽子，穿着不合体的衣服，手中握着一根鞭杆趴在玻璃窗上往里望。"等我跳下炕，寻找哥哥，哥哥早已无影无踪。有人告诉我："他听说你要回来，一大早就出西山上赶回来了。说见了你就行了，进去怕给你丢人现眼。"

三、淋漓尽致的抒情以及气氛营造，排比、比喻等修辞手法的运用，使文章极具表现力。如"又快过年了。城里是如蚁般蜂拥购物的红男绿女"，每逢佳节倍思亲，以这样的氛围推出了在老家孤身放羊的哥哥，便有了思念和悲剧的意味。

"他……甩着羊鞭爬沟上梁，不管是夏暑酷热，暴雨飞雪，天寒地冻，草生树长。一年四季常看的是日落月升。"《诗经》里多有四字句，四字句也是现代汉语传承古代文言的瑰宝，恰当地运用四字句，可以使语言典雅有书卷气。

文章最后，"唉！我那苦命的哥哥，你何时才能进城来。等到那春暖花开之时，咱们弟兄相跟着到爹妈的坟上去。你不要哭，你一哭兄弟我也伤心。"这是直抒胸臆，淋漓尽致地表达了对哥哥的思念之情，也使读者跟着作者禁不住长歌一哭。

（赵东方）

> 赵东方，男，1978年生，山西省五寨县人。五寨县第二中学一级教师。现任校办公室主任，兼任《清涟》编辑。山西省作家协会会员。

西口外今年好收成

——大冷冬天西北风吹，不是哥哥他是谁

《走西口》唱了多少年了？那西口，就在我们右玉县。

一年冬天，下着飘飘扬扬的大雪，峰峰"披素"，岭岭"白头"，我独自一人，慢慢爬行在那道莽莽苍苍、漫无际涯的山梁，那里满山遍野分布着数不清的烽火台；银天宽阔，白雾茫茫，隐隐似见大青山和土默川。一个人行进在这寥廓的西口之上，心中不由得回响起《走西口》那苍凉的曲调。

是啊，那往昔拖儿带女、背井离乡的流民图，究竟是怎样一幅场景呢？

许多个夜晚，娘坐在昏黄的油灯下，讲述着我们一家人走西口的往事，诉说我的三个哥哥因无衣无食而被迫送人收养的情形，童年的我只能听着窗外萧瑟的北风，漫无边际地遐想着远方。

我没有想到，当走西口已经成为遥远的往事，只能在传说和舞台上闪现的时候，却不料那路上的故事还在继续，那被割断的亲情还和我们血脉相连。

那年秋天，八月十五月儿圆时，城里的叔伯姐姐捎来一句话，说起从西口外回来的我的亲哥哥，说他那边的养父母过世了，身边再没一个亲人，因此想回口内认认亲娘。他说住在城里亲戚家，先问问七十岁的老娘还认不认，如若不认，他在那里过完十五就回去了。娘听了，擦一把眼泪点一点头，说："认！咋能不认？自个儿身上掉下的肉，远天湿地地跑回来看他娘了，咋就不认哩？"

二日天明，继父那干瘦高大的身躯摇摇晃晃地出了村，渐渐消失在茫茫无边的黄土路上。记得那是个麻阴阴天，下午，我和娘不时跑到村头观望，一直等到黄昏来临的时候。等啊等，阳婆婆落在西山沟，瞭见黄尘瞭不见个人。直等到天色昏黑之后，口外的哥哥才跟着我继父踏进村来。

晚上，全村的乡亲都来了，屋里屋外、院内院外挤满了人。乡亲们团团围住我们一家人，我们一家人围住炕上的哥哥。骨肉分离了这么多年，这第一句话真不知从何说起。

口外回来的哥哥说："那边爹娘殁了几年了，早想回来看看生身的娘亲。那时候光景不好，拿不起路费。分开田以后好过了，西口外今年好收成。"

娘问："孩子，你姓啥，叫啥？"

口外的哥哥说："姓霍，叫粮换。那边的爹娘说，我是用粮食换的。"

娘说："那时候一家人没饭吃，送出你是让你逃条活命，也拿粮食救一家人的性命。"

娘又问："孩子，你娶过媳妇没，几个孩子了？"

口外的哥哥说："没，成分高，误下了。"

娘红了眼睛，说："这头你二哥是贫农，日子过得穷，也没成过家。娘那时候想让孩子你有吃有穿。我和你爹给人家打短工，东家没孩子，要收养你。我们说你跟了东家就一辈子有福了，谁承想害了孩子！"

口外的哥哥说："娘，怨不得你！"

娘说："有钱没钱你往回跑，平安无事回来哇。你知道你二号那个兄弟咋啦？"哥哥说："当医生哩，挺好。"娘赶忙又问："百灵庙那个哩？"哥哥说："种地哩，孙子也快娶媳妇了。"

这一晚上，娘哭了笑，笑了哭。对娘来说，能在有生之年见到零落异乡的骨肉，怎样的喜悦之情也不为过分。

从此，口外回来的哥哥就正式进入我们的家庭生活，那是农村实行联产承包之后的第五个年头，口内的二哥和口外回来的三哥揽了本村的一群牛。出群时，一个在前边开道，一个在后面追赶；一个甩鞭，一个提棍；一个背水壶，一个拿雨具；哥哥在前边叫，兄弟在后面喊。所到之处，尘土飞扬，牛吆马嘶。弟兄俩相互照应，谁买水烟都是两包；谁搓火捻都是两根。一个在日中时回村吃饭，出村时提着热汤热饭，并且总是一溜小跑。口外的哥哥没有被子，口内的哥哥就把自己的分出一半来。傍晚，牛马进了村，跑向各家各户，娘迎他们于街外，继父已烧开一锅热水供他们洗涮。一家人亲亲热热，说说笑笑，欢乐不比别家的少，日子也不比别家的差。

四年以后，二老先后辞世。口外的哥哥很悲伤，说："过去想娘多少年，总是见不到；今天好容易守着娘了，谁想娘这么快就离开了！"

那年冬天，口外的哥哥又要回到他过去生活的地方。我们弟兄三个在老家分了手。走时，老天下着白毛糊糊大雪。我说："两位哥哥裹紧皮袄，各人要疼各人的身。"

三条牛缰接了个长，一眼眼瞭得哥哥翻过个梁。

赏 析

"西口外今年好收成"是文章题目，也是从口外回来认亲的三哥和生身的母亲说的一句话，并且它也是二人台《走西口》里的一句唱词。想当年，"西口外今年好收成"是山西贫苦百姓走西口的希望和前景，今天哥哥粮换回到口内寻找母亲，是因为"好收成"使他终于有了寻亲认母的路费。这个题目连接着过去和现在，使人深刻地感受到百姓生活之艰难，好收成、好日子的来之不易。

当年作者的父母走西口，因无法抚养众多儿女，为活命将三个儿子送人抚养。三哥得名粮换，概括了走西口百姓生存之艰难、条件之辛酸。三哥在改革开放后到口内寻母认母的事实，表达了中国农民在生存发展的道路上所走过的艰难曲折、悲欢离合。文章虽小，可见深意。

作者在母子相见上施以浓墨重彩，细致描写，用民歌的曲调很好地演绎了这首悲欢离合之歌。

"那年秋天，八月十五月儿圆时，城里的叔伯姐姐捎来一句话，说起从西口外回来的我的亲哥哥，说他那边的养父母过世了，身边再没一个亲人，因此想回口内认认亲娘。他说住在城里亲戚家，先问问七十岁的老娘还认不认，如若不认，他在那里过完十五就回去了。娘听了，擦一把眼泪点一点头，说："认！咋能不认？自个儿身上掉下的肉，远天湿地地跑回来看他娘了，咋就不认哩？""

是继父前去迎接三哥的，"二日天明，继父那干瘦高大的身躯摇摇晃晃地出了村"。作者和母亲站在村头等继父和口外的哥哥，"等啊等，阳婆婆落在西山沟，瞭见黄尘瞭不见个人"。回来怎么相认？"晚上，全村的乡亲都来了，屋里屋外、院内院外挤满了人。"

三哥与家人相认时的场景，让人笑中带泪。母亲的句句问话，是牵挂，是心疼；三哥的句句回答，是往事是现实，使人悲喜交集。

文章的引子以及末尾，作者引用了"爬山调"，和内容一样，掏心掏肺的人物语言和作者朴素诚恳的语言相结合，使人一唱三叹，情不能已。

（秦云霞）

乡土印记

第○辑

壮年高歌

一人行进在这高天厚地、漫漫长路之上,
大梁如波浪起伏,
过了一道又一道。
春秋季节林中涛声如潮,
寒冬腊月天地风雪弥漫。

莜麦谣

从雁门关到西口杀虎口、东口张家口，这片地域及其周边，向为北方少数民族与汉族冲撞之地，向为民族交融与迁徙之通道。在这片洒满热血、饱含热泪的土地上，瑟瑟秋风年年吹荡着满坡满梁白花花的莜麦。

山西忻州之西八县，加上繁峙、代县，还有雁北十三县；内蒙古之化德、商都、兴和、四子王旗、察右中旗、察右后旗、武川、卓资、凉城、和林格尔；河北之康宝、沽源、张北、尚义、怀安、万全、阳原、蔚县，这片区域的山民，世世代代把莜麦当命根根，祖祖辈辈视莜面为惯宝宝。

我的家乡右玉过去有句俗语云："右玉三件宝，莜面、山药大皮袄。"莜面山药吃了肚里暖和，大皮袄穿上身子不冷，而三宝之中打头的，则非莜面莫属。

故乡的莜面，品质最好的出自晋蒙交界处的北岭梁。莜麦属高寒作物，在山坡和梁地种植最为适宜。这里地势高，纬度高，土壤为黑垆土。秋高气爽的时节，阵阵清风吹过来扫过去，那挂满"铃铛"的莜麦"唰"的一道儿摇过来，又"唰"的一溜儿摆过去。在暖阳下，清风里，一天天变得白黄起来。莜麦成熟的季节，高天上回响着悠长的呼哨，和着四野里秋蝉和蚂蚱的鸣叫，耳朵里隐隐约约听得那漫山遍野的牛角号在"呜呜"地吹奏，那地畔田头的野花艾蒿则散发出热辣辣的苦味。莜麦生长在十年九旱、气候寒凉、昼夜温差大的苦寒之地，而莜面这种吃食虽卑贱，却工序繁杂，讲究颇多。从种到收，从脱粒到淘炒，从渗面到吃饭要经过"四熟"：一是在地里长熟，二是淘洗之后在锅里炒熟，三是渗面的时候要用滚水"泼"熟，四是上笼猛火蒸熟。即便如此，那些吃白面大米长大的人还是受不了。过去灾荒年月，常有外地人逃生至此，饱吃一顿莜面后，重则憋死，轻则吃伤。因为他们不知道，这莜面乃饱受了大苦大难民众之吃食，他们成年广种薄收，拿轻扛重，"三十里的莜面，四十里的糕，二十里的荞面饿断腰"，要是吃细粮如白面尤其是大米到他们肚里，发不出蛮力，使不出后劲。

　　莜麦是来之不易的。旧时代，我的家乡右玉自然生态异常恶劣。春季下种之时，大黄风刮得天昏地暗，白天也得点灯。刚刚种下的山药籽，在一场大风后就裸露出来，风停后，人们就拿着锹，跑到地里把它们再翻下去。种莜麦的时候，女人们用笸箩簸箕挡住风，男人们才能把粪和籽种点进墒沟。打小我就记得，每年春起，天还是漆黑一片的时候，老年人已经在呼喊着青壮年人牵牛背犁。清晨，我们一群娃娃相跟着去给大人们送饭，那弯弯曲曲的黄土路上，摇响着一片送粪车隐约的骡铃。星期日，从南山上往下望去，四野里移动着一些细碎的黑点，有吆牛的声音微弱地传来。春耕苦，抓粪点种的人肩上挎着粪笸箩笸箩，绳顶在肚子上，两手不停地把粪和莜麦种均匀地点进墒沟，从天亮一直走到天黑。牛累得大口喘粗气，直吐白沫，饲养员见天得给它们煮黑豆补营养，要不全累趴下了。

　　春种、夏锄、秋收，苦重是不消说的了。干旱缺雨在我们这儿是常事，也不消说。要说的是莜麦成熟的季节那可怕的雹灾。

　　我上初中的那年深秋的一天下午，我母亲和村里的一伙妇女在河南岸收割莜麦。八月秋忙，人们的眼睛全盯在莜麦和镰刀上，谁能想起抬头看看天呢。冷不防，当空咔嚓嚓一声响雷，瓢泼大雨夹带着丸药那么大的冰雹砸将下来。我哥哥和村里的后生们没命地蹚过齐腰深的河水，把被冰雹砸昏的女人们都背了回来。母亲直挺挺地躺在炕上，大伙给她又是灌热水，又是揉胸口，又是口对口地换气，直到掌灯时分，她才睁开了眼睛，我和哥哥忍不住哭出声来。

我上雁北师专的头一年，放暑假时回到我们村，碰上了家里脱莜麦。那天乡亲们播工，脱完一家脱下一家。轮到我家的时候，因为继父和我母亲都已是年近七十的人啦，村里的德生一下就把我推到脱粒机跟前。我把莜麦捆推进脱粒机，"呼"的一下，麦芒和灰尘就糊满了我的眉眼。随着一捆捆莜麦"呜呜"地被推进脱粒机，我的头和脸包括脖子很快就变成了灰黑色。劳动的紧张，烈日的炙烤，汗水吸附着刺人的麦芒，这一刻使我真切地体会到莜麦是血汗的结晶。

小时候，每隔一段时间，家里都要炒莜麦。炒莜麦总得两个人来共同操作，一般是母亲坐在炕沿用炒莜麦板子"圪搅"莜麦，继父在地下烧火。如果继父有事，则由我来烧火。那时候，逼仄的小屋麦芒飞舞，一股股热浪烤得人喘不过气来。这种劳动往往要持续一天两日，炕沿都被火烧着了，赶紧舀水浇灭；到了晚上，炕头这边即使垫上很厚的木板也烧得滚烫滚烫，使人难以入眠。

做莜面挺繁杂。如果家里有闲人，或者是农闲时节，女人们和好面推窝窝。右手在油石上推，左手卷成筒状放在笼里，这叫"两手倒"，推一大笼需个把小时。推成的窝窝要一般高，粗细匀称，顶部齐整，还要经猛火蒸过而不倒，这就一要手艺，二要控制好火候。此外，需要精工细作的还有搓"圪卷"，就是把莜面搓成如筷头状却比筷头更细的长条，手巧的大姑娘小媳妇两个手掌一次可以搓五根，若是在案板上，左右开弓，一只手可以搓七根，两手就是十四根。她们双手飞动，边搓边续面，令人眼花缭乱。不大工夫，案板上便铺满了"圪卷"，每一根都极细，而且连得很长，要用筷子把它单股挑起来，那就非得登梯子不可。无论是哪个村都有一两个这样的好手,她们身量齐整,还长得俊俏,因为茶饭做得好,受到村人敬重,在家里也是夫妻和睦,把老老少少安排得妥妥帖帖。

莜面也可以快做。夫妻俩火热的晌午从地里回家,和面的和面,生火的生火,从堂屋搬回饸饹床,三八两下搓成剂子,男人在上边压,女人从下边揪,猫过来打闹,顺手就扔过去一团。然后座上笼床,男人扇火,女人把胡油倒在一只铜勺里,伸进灶火。等她倒腾完盐水,把葱花和栽末花放进一个碗里,再把辣椒面放进另一只碗里,猛一转身从火里拉出勺子,"嚓嚓"两下便分别倒进两只碗里。前后也不到半个小时,夫妻俩就坐到炕上,你一筷子我一碗地吃开了。吃完之后,从锅里舀上蒸饭水,烫嘴地喝了,这叫"原汤化原食"。水一下去,汗就出来了,饱嗝声也上来了,那个舒爽劲儿,简直没法说。

吃莜面没山药不行,没油炝辣椒不行,没酸菜盐水不行。莜面是发重的东西,一入肚里沉甸甸的,而山药软和又不腻,搅和起来吃,才可口美味。每年秋天,新山药新莜面下来,煮熟的大黄山药开花变裂,剥了皮,放进炝和好的盐水碗里,拿筷子捣烂压碎,然后就着刚刚出笼的新莜面窝窝吃。我相信,世上最华美的盛宴也是不能与之相比的。

凡出产莜麦的地方,地的碱性就大,这里的人就爱酸。只有酸菜盐水才能杀掉莜面的劲气,使它易于消化。而油炝辣椒则赋予这贫瘠苦寒之地的淡寡食物以油水、以辛辣,这些东西结合起来,就使莜面成为别具风味的天下美食。

已故著名作家汪曾祺曾经下放张家口地区某农场,那里的莜面产自坝上,是蘸酱吃的,他说,那是他一生中很少吃到的一种美味。

世上有很多珍馐佳肴,莜面不是,它仅仅属于粗茶淡饭。白面与大米都得有好菜佐饭,而莜面仅仅有煮山药和酸菜辣椒就足够了。我曾经在市面上不少饭店见过用大鱼大肉来炖莜面,那是很不相宜的。

莜面是粮食里的野味，就像野菜里面的苦苣甜苣，吃时放点山药蛋，倒点胡油，放点盐就行了。如果把肥肉放进莜面苦菜当中，就倒了胃口。莜面是普通的也是卑微的，但它又是特立独行的，它并不需要依靠谁和仰仗谁来增加自己的秀色和香味。

我上小学的那些年，经常在清晨踏着露水出野外给耕地的大人们送饭。那时候，家家户户的早饭都是熬和子饭。和子饭是由莜面、小米、山药蛋加水熬成的，女人们一早起来，添水生火让和子饭"咕嘟咕嘟"地熬着，然后喂猪喂鸡做家务。等做完这一切后，饭也熬熟了。经过熬制的和子饭虽则成分简单，做法简便，但却散发出怡人的香味。女人们在送饭罐底装上莜麦炒面，又在炒面上舀上和子饭。我们把饭送到田头，看着耕田的大人们喝完稀饭，用吃剩下的山药蛋搅拌起炒面，吃得是那样香甜，那样满足。

很小的时候，我就知道，爬山歌里有一曲叫《割莜麦》，那是劳动人民的歌谣。后来偶尔听到一首《讨吃调》，立刻为它苍凉的音色所吸引。再后来，我知道《讨吃调》也叫《挖莜面》，我便懂得，莜面不仅仅是劳动人民的吃食，也是劳苦大众的救命粮。过去，我们村里一来了讨吃的，家家户户都要给他们从缸里柜里挖一碗莜面，不管他们是来自天南或者是地北。

一个人不管他能行走多远，但是他的心灵和肠胃永远是和故乡相连的。就像我一样，尽管我的继父和母亲都已下世二十三年了，老家的两间小土屋也已经倒塌多年。但是我还常常想起母亲的粗茶淡饭，有一回，竟然梦见我母亲捎话来了，说家里就她一个人，想让我回去帮着炒两天莜麦。

娘这是又想我了，我这是又想娘了。

赏 析

本文是一篇状物抒情的散文,借莜麦这种农作物去讴歌家乡劳动人民勤劳、朴实、吃苦的精神,表达对家乡和亲人的思念和热爱之情。

文章的第一段写到"在这片洒满热血、饱含热泪的土地上,瑟瑟秋风年年吹荡着满坡满梁白花花的莜麦"。这饱含深情的话语为全文奠定了赞美的感情基调。接着文章从各方面描写莜麦。春种时人们"两手不停地把粪和莜麦种均匀地点进墒沟,从天亮一直走到天黑,牛累得大口喘粗气,直吐白沫"。秋收颗粒归仓时,太阳炙烤,冰雹袭击,麦芒刺人。

文章生活气息特别浓厚,"阵阵清风吹过来扫过去,那挂满'铃铛'的莜麦'唰'的一道儿摇过来,又'唰'的一溜儿摆过去"。写出莜麦在风中像波浪一样长势喜人。"和面的和面,生火的生火,从堂屋搬回饸饹床,三八两下搓成剂子,男人在上边压,女人在下边揪,猫过来打闹,顺手就扔过去一团……"生动地写出夫妻劳动回来做饭的忙碌情景。"若是在案板上,左右开弓……她们双手飞动,边搓边续面,令人眼花缭乱。"动作娴熟,写出女人们的手巧能干。

文中说:"莜面不仅仅是劳动人民的吃食,也是劳苦大众的救命粮",有了这份感知,再进一步体会点睛之笔"娘这是又想我了,我这是又想娘了",才能深刻理解作者对母亲的深切思念。作者巧妙地将对母亲的爱思及故乡人的精神隐伏于对莜麦之长歌中,"莜麦谣"隐着"母亲谣""故乡谣",如此再回想前面的文字,叙述也罢,描写也罢,议论也罢,凡有莜麦处皆有人的影子,莜麦生长环境艰苦,人何尝不是?莜麦地位微,人难道不卑?同理,莜麦之坚韧,难道不是人之坚强?莜面之特立独行,又何尝不是人之傲然挺拔?如第五自然段中写道:"种莜麦的时候,女人们用笸箩簸箕挡住风,男人们才能把粪和籽种点进塄沟"，这是莜麦之不易，更是人之不易。再如第十七自然段中"我们把饭送到田头，看着耕田的大人们喝完稀饭，用吃剩下的山药蛋搅拌起炒面，吃得是那样香甜，那样满足"，这是莜面的香甜，更是人们对生活的满足。

在作者的莜麦情怀里，更多的是对种莜麦的人、吃莜面的人的深情吟唱。

（杨丽华　李晋成）

杨丽华，女，1989年雁北师范学院汉语言文学专业毕业，朔城区一中语文老师，中学语文高级职称。从教三十一年，多次任实验班语文教师，所带学生获得过"新世纪"杯全国中学生作文大赛一等奖，自己获得指导奖一等奖。其学生高考取得语文全省单科第十名的成绩。常年从事语文教学教研工作。

李晋成，男，1976年生，山西省五寨县人。五寨县教育局高级教师。现任五寨县东秀庄学校校长。山西省作家协会会员。

牛羊倌的吆喝

牛羊倌就是放牛和放羊的人。

放羊倌只管放羊,而放牛倌那就管得多了,除了牛,实际上它还包括马、驴、骡这几种大牲畜。一群牛或一群羊一般都有两个揽工的,头领叫大工,副手叫打伴子。大工做这件事情有几十年了,而打伴子不过是几年。一个人从十三四上开始放牛放羊,拿着鞭,提着棍,背着水壶,挟着雨伞,这些装扮仅仅是具有了一种形式。他还有些顽皮,走起路来还像那些小牛犊、小马驹、小羊羔一样蹦蹦跳跳;衣裳也还想洗得干干净净,穿起来有棱有角。然而,在许多年之后,风吹他们,日晒他们,雨淋他们,雪打他们。他们也就不跳了,不笑了。偶尔的一声吆喝,准确地传达出岁月的苦涩与苍凉,这才算是一个牛羊倌了;清晨,一声辽远的"放羊了"才能响彻全村。

熬过了中年,他的经验和技术有了相当的积攒,在三村五里渐渐闯出了点声名,不用自己东奔西走地揽工了。再以后,他差不多已经老了,有些大村,那里的牛羊群自然就大些,村里会派一个人请他去,而不是随随便便捎一句话,而他就可以待理不待理地讲一讲价钱,最后选一个中意的村子去。人活至此,也就算有了点名堂。

世界就是这样,往往在你身强力壮的时候不为人所看重,却在你剩半口气以后变得有些吃香。而一旦吃香了,那香的东西反倒不怎么香了,离死也就不怎么远了。

人们把牛羊群交给牛羊倌,因为牛羊需要吃草;人们把孩子交给老师，因为他们不想让娃们放牛放羊。一个牛羊倌，不管他放牛放羊咋好，他都不会晋升一个什么职称，也不会有人请他做报告。一个人一旦当了牛羊倌，实际上跟牛羊就没有什么两样，天天和牛羊行走在一起，只不过一种是四条腿的，一种是两条腿的。牛羊都是些命苦的东西，它们今天在野地吃草，说不定明天就进了人们的肚里；人白天在野地溜达，说不上黑夜就蹬了腿，第二天几锹就被埋在土里，这中间并没有多大的区别。

　　人老是以为是自己在管理着牛羊，其实是牛羊在牵着自己走。要是没有牛羊群，根本也就不需要牛倌和羊倌。牛羊走在野外，想吃草就吃草，想交配就交配，谁还能把它们咋了？做了牛羊倌的人，多数是光棍。光棍苦，光棍一生吃苦受罪挣的钱都要偷偷摸摸被一些女人掏走；光棍破衣烂衫，风里来雨里去有谁心疼？但是，牛羊倌立于高山之巅，那一声威震天地的吆喝，千百年来一直经久不散。

　　一个人长年累月在野外生活，十三四岁上的风到了五六十岁上仍是那么大；多少年前的霹雳闪电今年又回到了头顶上空，还是那么耀眼，还是那么让大地惊恐地震颤；一场暴雨、一场飞雪丝毫也不比年轻的时候小。人和大自然作对，到头来不过是弄弯了自己的两条腿，苍老了自己的一颗心，讨不到任何便宜。如果这一生是和仇人一决高下，那么一年一年地过去了，顶多和仇人一起老了，或者仇人先走一步。即便自己先完蛋了，仇人离死的日子也绝不会太远。而野外的这一切则是不会改变的，青草年年春天都会变绿，山梁仍旧是那么莽莽苍苍，日头刚上来的时候还是那么红，天也还是那般的蓝。早年，牛羊倌还年轻的时候，对迎面而来的风浇雨不过是打个寒战，现在则是好半天喘不过一口气来。人世上的一切最终都赢不了风吹雨打，不管人们建造了多么结实的东西，它迟早都会趴下。一生行走在风雨中的人，风雨打掉了他所有的傲气和自信，所以他们就显得猥琐，在任何人或事物面前都会垂下他们的头颅。

放牛放羊尽管是低贱的职业，但也得会管理，也得有爱心。有的牛羊刚出道，年"少"不懂事，分不清草和庄稼，这就需要教给它们；也有的牛羊天生爱占点便宜，当它们有了吃庄稼的心思，及早地吆喝一声，也就没事了；一些牛羊懂得往什么地方走，那就让它们走在前边得了；那些快要下犊下羔的牛羊，难免腿迟脚慢，你也不必打它们；如果它们生在野地，你把你的破棉袄裹在牛犊或羊羔身上，让打伴子赶紧回村通知主家。牲畜们懂得这些，在以后的岁月里，你的一声吆喝才有了不同寻常的意义。

那一声吆喝是人和牛羊之间的一种话语，别人听不懂它。

赏析

《牛羊倌的吆喝》写了农村底层的一类人——牛羊倌的生存现状。他们辛苦、劳累，常年在野外风吹雨淋，文中通过对他们的生活情景的描述，表达对他们的同情，为他们的艰辛生活而发出感慨。

一、文章关注小人物，选材新颖，角度独特

放牧牛羊的人在农村几乎村村都有，除了养羊的人知道，几乎再没有人去关注他们。这篇文章把他们作为主角，来反映他们的生活，很感动人。怎么去写牛羊倌的生活，从哪个角度切入，作者匠心独运，从他们的吆喝声入手。清晨，一声辽远的"放羊了"响彻全村，这样就拉开羊倌一辈子生活的序幕。接下来写一个羊倌从一个打伴子的经过几十年的磨炼才能成为一个真正意义上的羊倌。那声吆喝才有不同寻常的意义。

二、描写、议论、抒情相结合

文中有生动的描写："拿着鞭，提着棍，背着水壶，挟着雨伞""走起路来还像那些小牛犊、小马驹、小羊羔一样蹦蹦跳跳"写出小男孩刚放羊时的顽皮、活泼。经过多年的风吹日晒,"他们也就不跳了,不笑了"。写出羊倌多年的放羊生活使他们从容颜到心态的变化过程。

　　文中有一些精彩且充满哲思的议论:"世界就是这样,往往在你身强力壮的时候不为人所看重,却在你剩半口气以后变得有些吃香。而一旦吃香了,那香的东西反倒不怎么香了,离死也就不怎么远了。"揭示了牛羊倌的命运和生活的残酷,表达作者对他们艰辛命运的同情,朴质诚恳,打动人心。如"人老是以为是自己在管理着牛羊,其实是牛羊在牵着自己走"充满辩证的思考,如"人和大自然作对,到头来不过是弄弯了自己的两条腿,苍老了自己的一颗心,讨不到任何便宜"饱含对人与自然的关系的感悟,再如"牲畜们懂得这些,在以后的岁月里,你的一声吆喝才有了不同寻常的意义"。更有对生命关系的哲思。抓住这些句子展开阅读、深入思考更能帮助我们体会作者散文内涵的丰富厚重。

(杨丽华　李晋成)

大地上的花草

幼年时在农村,熟悉者野地,习见者野花野草。野花中,最爱者莫过于打碗碗花。

在村庄周围的荒野之地,杂草稀疏之处,此花三五做伴,零零落落,其状如碗,酒盅大小,颜色为淡粉纯白相融。

它枝干矮小、细弱,叶稀,未开花时不易看到。一场细雨之后,其花如小号一般仰天吹奏,迎风摇曳,花中滚动着几粒朝露,荒原上便顿时鼓足了精神,似群童眼波流盼,含笑嬉戏。

打碗碗花犹如一伙野外玩耍的孩子,开心之际,笑语喧哗。亦好比乡村纯朴的少女,居贫家,着粗服,使人一见顿生怜爱之心。它们不像城里妖冶的女郎,袒胸露臂,媚眼香腮,白腿肥臀,周身洋溢着挡不住的情欲。打碗碗花使人宁静,令人感受到生活的纯朴之美,故能使人常记不忘。

花的颜色

我常常想,花的颜色是怎么形成的?河畔上那一片繁星似的黄花,高不过尺许,花儿只有小指头般大小,可是它的那种嫩黄,无论何种颜料,都不能逼真地把它们描摹出来。同样,乡间马路上的丛丛马莲,它们盛开时那淡蓝色的花朵,如思绪般若有若无,也是难以描绘的。我观察过,凡野花,黄色者居多。无论是野花野草,它们的分布都是有规律的。蒲公英长在河边，山丹丹开在山间，艾蒿固守在梁上，芦苇分布在滩湾。一个地方长此种草，开另种花。草之绿深浅不同，花之色种种不一。凡有水土，皆有生命的五彩缤纷；凡是人，都应如花草般散发清香和馥郁。

屋顶的青草

小时候，我家的屋顶没有隔尘的装置，椽檩裸露，烟熏气绕，到处一片漆黑。每年冬天，户外大雪纷飞，寒风呼啸，户内没有炉火，屋顶覆盖着冰雪。唯有灶膛上方，热气蒸腾之处，才显露出屋顶的本来面目。

有一年冬天，就在这片地方，忽然长出一株青草。这株草头朝下垂挂着，渐渐茂盛起来。它的颜色不是墨绿色的，而是淡黄的，就像一个缺乏营养的孩子。

那年，我正准备考大学，即将走出寒碜的土屋。夜晚，我躺下来，突然看见一株青草从屋顶垂挂下来，头朝下生长着。多年后我才明白，人的生存方式多种多样或显赫，或平凡，只要是生命，都有生的希望，活的勇气。即使万般不如人，但只要有一丝温暖，就没有理由不伸茎展叶。

井边的车前子

我家的院子有口井。去年，井边长出两株车前子，叶大如掌，茎子伸起来足有半人高。这是河滩上的一种植物，我盖房时拉回几车沙子，剩下的一些堆在井边，车前子的种子就是拉沙子时带回来的。

去年天旱，汲水多，井台周围湿漉漉的，车前子长得很好。我发现，有一株蒲公英在墙角滋生出两根红色的丝线，遇土扎根，根上长苗，于是，便又有好几株蒲公英成活了，我喜欢这些野草。路边石缝里，家门前，以及环绕我家房屋的野草，我都不愿意把它们铲去。我是个草民，能和它们在一起，是我的福分。看到它们欣欣向荣的样子，我的心里由衷的高兴。

人生一世，草木一秋，有野草和我做伴，我能时刻感受到生命的短暂，以及唯其短暂所蕴藏的珍贵。

赏析一

作者关注一些卑微的小花小草，这些花草生长在荒郊野外、生长在漏橡屋顶上、生长在水沟旁。尽管不被人重视，也没有优越的环境，却在顽强地生长着，展现着生命最美好的一面。

文章每种花一个小标题，每种花草独立成章，每篇犹如一首精致的小诗。这样谋篇布局，抓住了每种花的特点，集中去描写，使文章内容不枝不蔓，花草形象各具特色。其次根据各种花的不同特点赋予它们不同的意义，每种花都给人们以心灵上的启迪，使花的意蕴更加丰富。打碗碗花不妖冶，不媚俗，给人纯朴之美，宁静之感。《花的颜色》里，用一组排比句写出各种花应地而生，强调花能芬芳，人应像花一样能在不同岗位尽自己的本分。寒冷的冬天，灶膛上热气蒸腾之处，屋顶上奇迹般地长出一株淡黄的青草，它在告诉你，在人生最坎坷（头朝下）的时候，也要心存希望和勇气。车前子、蒲公英，路边石缝门前的沙土，随处可以安家，可见生命力之顽强。

本组散文，观察细致，文笔优美，虽然篇幅短小，却带给我们很深的启示：仔细观察世间万物，用心思考短暂人生，让生命的意义丰富而充实。

（杨丽华）

赏析二

这是一组散文诗,四篇短文既可见散文之细致、生动,又可见诗歌之凝练、隽永,更可见散文诗之深刻,富含哲理。

先看作者如何写"打碗碗花"的,"枝干矮小、细弱,叶稀",语言准确凝练,无一衬字;"其花如小号一般仰天吹奏,迎风摇曳"比喻形象恰当,描写细致入微,动感十足;"花中滚动着几粒朝露,荒原上便顿时鼓足了精神,似群童眼波流盼,含笑嬉戏",拟人化的手法,使字里行间满溢生命的活力。紧接着作者先将"打碗碗花"比作"野外玩耍的孩子",又将它比作"乡村纯朴的少女",并以此与"城里妖冶的女郎"进行了对比,表达了作者对宁静、纯朴之美的欣赏与赞誉,直抒胸臆。

二看"花的颜色"中,"蒲公英长在河边,山丹丹开在山间,艾蒿固守在梁上,芦苇分布在滩湾。"这是对作者生活细致观察的结果,最后一句"凡有水土,皆有生命的五彩缤纷;凡是人,都应如花草般散发清香和馥郁"。是概括总结,也是提炼升华,道出人的追求所向、价值所在。

三看"屋顶的青草",一株缺少营养的头朝下的青草,却启开了作者对生命的顿悟:"只要是生命,都有生的希望,活的勇气。即使万般不如人,但只要有一丝温暖,就没有理由不伸茎展叶。"

最后看"井边的车前子",作者直陈"我喜欢这些野草",因为"我是个草民,能和它们在一起,是我的福分"。生命有长短但没有贵贱,珍爱自然界一切之生命,是人该有的胸襟。

(李晋成)

故乡的位置

今年初冬,我陪创业协会的几个年轻人考察西口古道,一行人从左云县城直插右玉云阳堡,此地位于右玉县域东北。至此,年过半百的我才正式走完了故乡的四至。云阳堡是杀虎口至京城古道的一站,东至左云,位于东北,实际上还不是县境的最东北,最东北是破虎堡,山西的左云、右玉,内蒙古的凉城县在此接壤,我去过不止一次。

人总是从家乡逐渐往外走,往高走,往远走,有各种机缘到它的任何方向或角落,有多种机会从外围打量它,从遥远的地方想象它,甚至拿陌生的地貌比较它,这就是乡情——故乡在游子心中的位置。

小时候,风清气爽的时节,从我们村看,大南山的北侧历历在目,它似乎近在咫尺。但直到上初二那年,班主任领着我们游大南山,我才第一次登上它的顶峰。从那里能看到我们村的树和屋,以及它门前的河,背后的梁。

那时候,公社在我们村西的大山里,公社的三辆二十马力拖拉机经常喷着黑烟从我们村的大街上跑来跑去。公社供销社的马车经常从我们村路过,銮铃声声,拉车的马都高大威武。我曾经去过两次公社所在地,卖过兔子,买过一本书。

但是,这还不算西山,西山广大,我不过是到了它的跟前,我还没有上到它的高处,看看它的前前后后,左左右右。

此后,我有三次深入西山。第一次是在十三四岁的时候,跟我们村的孙全喜到辛村子,他三叔在那儿教书,并且娶了该村女子为媳妇。

那天，走得急，没回家穿鞋。过了铁山村，一路全是河道，大石头、小石头、鹅卵石硌得脚底生疼。深秋时节，路边的蒺藜常常挂在裤子上，扎在脚上。

第二次是1982年，这年我二十岁，即将参加高考，需要一只手表，我哥哥有只手表，但他在西山后庄窝村放羊。我上去时天已经黑了，只得在那里睡了一晚，第二天匆匆返回。

第三次是今年秋天，我回右玉，约了几个人上圣山。到了十三边村，要上圣山还得翻过一座山，爬到半山腰，我已经上气不接下气，连说算了，不是那岁数了。圣山属于内蒙古和林格尔县，这一带是右玉的西北边。我从童年时就梦想着到西山看看，想象这里森林茂密，流水潺潺。这回来了才知道，其实这里树木稀疏，干旱缺水。

2012年我参加市电视台大西口节目组，从杨千河乡到丁家窑乡，然后直到平鲁，我们乘车，风驰电掣，转眼就过了县域西南角。

至于东南，是县城方向，这条路跑得最多。以后我到朔州市上班，也在东南方向，跑得更是不计其数。

具体到东南一带的村落，也是近年，我到这里寻访当年走西口的路线和店铺，对这一带也很熟悉。

2007年，我到内蒙古的清水河县，那时，我在县城盖起几间新房，刚刚装上电话。我借朋友的电话，和妻子通话，告诉她清水河就在右玉西山的西边，不是山挡着，离咱们那儿很近。

右玉的北边是外长城，这里有十五沟、二十一个村，都是以长城的墩台命名的。我和市电视台大西口节目组的同志在平鲁七墩村一农家吃过一顿午饭。我望着七墩村的长城逶迤北去，知道它连接的是家乡的长城。

去年，我曾经两次到偏关县老牛湾，望着黄河冲刷出的高崖巨壁，望着一座座东北走向的烽火台，我知道，那些烽火台也是通向家乡的。

自2012年起,我到内蒙古寻访走西口的老者,很长时间在武川县转悠。此地在大青山之北,俗称后山,旧时代右玉走西口来此定居者最多。武川是丘陵地貌,但这里的丘陵很宽阔,很舒缓。站在山坡上,望着辽阔无边的红土地,那土地上生长着茂盛的小麦、莜麦、山药。好年景,麦穗可达七寸。

这里百年前曾经是辽阔的草原,是它养育了祖祖辈辈远离家乡的人。没有人不希望远走天涯,创业立功,除了不谙世事的童年、少年。我读高中的那些年逢假期回家时,常常觉得孤独无聊。有一回,我独自溜达到西湾,爬上一棵柳树,在它的枝杈上躺下来;还有一回,我一个人到东坪闲逛,那里是一大片树林,树林东边是一条南北大路。我钻进一片杨树丛,在里面不知不觉地睡着了……

那时候,魂牵梦绕的只是离开家乡。如今,我两鬓斑白,走了很多地方,足迹踏遍家乡的角落,身影飘过故乡的外围。回头一看,故乡还在,但父母不在了;水井还在,但家里的老屋倒塌了。

今年夏天,我再次站在大南山顶,远望家乡,门前的河水不见了,它身后的梁还在;村中的房屋看不见了,因为我的眼睛看不到那么远了。

故乡之亲,因为那里有我的母亲;故乡之恋,是它曾回荡着母亲唤我回家的声音。故乡无时不在游子之心,是热土之下永埋藏着父母对子女的炽热之心。它犹如太阳,光热久久不散!

赏 析

对故土的眷恋,是人类永恒的情感。千百年来,有多少远离故乡的游子歌咏故乡,留下了脍炙人口的篇章,这类作品或描述故乡的山川风貌,或抒写故乡的风土人情。而本文却另辟蹊径,写故乡的位置,给人耳目一新之感。

文章开门见山，先写故乡地理意义上的位置，进而引出了一种游子情怀——故乡情。开篇入题，直接明了。

文章题目《故乡的位置》，"故"本身就暗含了一种眷恋之情，文章用大量篇幅去抒写自己与故乡的血脉相连。儿时，总想着走出家乡看看外面的世界，屈指可数的几次离开，每次都记忆犹新：第一次去西山走得急，鞋子都没穿硌得脚疼；上初二，老师领着第一次登上大南山的顶峰，第一次从远处俯瞰了自己的村庄；羡慕冒着黑烟的拖拉机从村子穿过绝尘而去……那时年幼，时时想着离开。如今为工作为生活真的离开家乡了，却又常常萦绕在心怀。现在无论走到哪，看到大山大川，看到长城烽火，都会把它和家乡的山山水水连在一起。人到中年，两鬓斑白，才明白你无论走了多高多远，和家乡拉开的是空间上的距离，扯不断的是根的情意。文中大段的叙述中，有着浓浓的眷恋之意，为文末的抒情奠定基础。

篇末，直抒胸臆，呼应文题，我在一天天变老，故乡也在一天天变化，沧海桑田，物是人非，只有故乡的位置不变——永在游子心中。

（杨丽华）

母亲的消息

今年,在睿智寺打杂的哥哥告诉我,寒衣节这天,他在庙里为母亲和继父诵经、持咒、念佛,并焚化了箔锭。

母亲是1988年过世的,到今年已三十多年了。她离世后,院里桌子上供奉着食品,喜鹊和麻雀都来争食。我叔伯姐姐说:"五妈一辈子猥獕,死了也没人怕,连雀儿燕儿都来抢食!"

母亲一辈子认不得钱,不会花钱;自从我们母子阴阳两隔,也没来和我说过她少吃没穿,因为她一生就是如此。我从未梦见过她,不知故去的母亲在另一个世界里是否安好?

母亲知道自己除了锄田割禾,搂草抱柴,喂猪喂羊,缝缝补补,把省下的米面让我背走,把粮食换来的几个果子一直放到腐烂,等我回来,别的做不了。她临终前知道我在县城教书,端的是公家饭碗,不像她那样终生饥寒,天天劳苦,何虑之有?

母亲下世五年后,我到朔州。每次给她上坟时,我都没和她说过我在朔州何单位,朔州在甚地方,离这儿有多远。她这一生有过一次远行,就是和父亲走西口,来回千里,背着两个孩子,在内蒙古后山待了四年,住在野外自己挖掘的洞穴里。她到过新旧县城,带我到外长城之侧内蒙古的村庄走过亲戚,再远的地方她没去过。世界是如此广大,城市是如此喧嚣,车水马龙,高楼大厦,没人领着她,她万万找不到。

每次到母亲坟头,我跪在那儿,知道她就在膝下的土里。我把带来的祭品一一摆好，把水果撒向四方，就在母亲的坟头坐下来，抽两根烟，尽量多待一会儿。我觉得母亲就在我身边，她多想让我多待一会儿，好好看看我。

每次到母亲出生的村庄，我都会到她住过的地方站一站。原来的房屋已经消失殆尽，只有悬崖上还留着后墙的轮廓。我在那口老井旁瞧瞧，希图在水里照见母亲的容颜。

我到我出生的村庄，路过一块河边地，记得母亲曾在这儿挖过野菜。我叫司机停车，也信步到这块田里拔菜，还专门到母亲当年拔菜的地方，发现那儿的野菜今年长得特别旺。

回到我继父家乡的村庄，我总要到倒塌的老屋前转转，看看那还未曾倒塌的墙，墙里的木柱，墙上的烟洞。我到村东，想到母亲曾经从这儿背着一年蓬进村。我到村西，想到有一年她挎着篮子收工回来，我去接她，她幸福的面容宛然在眼前。村西大路下，有一块斜地，如今还在，有一年的春夏两季，母亲天天在这儿锄党参。

转眼之间，我来朔州二十五年了。曾经多次去村里，不管走到哪个村，我都要到场面走走，因为母亲生前，经常到场面背柴抱草。我也喜欢看看小牛、小驴、小羊，因为母亲生前家里经常饲养小羊。小羊常常跟着她，她出院上街，小羊跟着，她回家上炕，小羊就跟着蹦上炕头。

我在村里遇到小牛、小驴，它们都不惧怕我，有的还主动走到我跟前，让我抚摸。我想，它们是不是母亲转世，或者是带着我母亲的魂魄，问候我，亲近我。

三年前，我收留了一只流浪狗小黄，小黄一年生两胎，一胎有四只。今年冬天，小黄又生了四只，一只生下来第二天就死了，余下的三只，满月之后送人一只，让人偷走一只，剩下一只褐黄色的。

"三九"前，天气变冷了。一天傍晚，我捡到一块被套，我爬进狗窝，把里面潮湿的棉衣扔出去，把被套叠成四层铺进去。铺的过程中，那只衬褐黄色的小狗几次凑过来，伸出红红的舌头舔我的脸。我想这可能是转世的母亲在舔我，也可能是母亲的魂魄在吻我。

冬天是个让人揪心的季节。在这个寒冷的季节，再没有比看到一只肮脏的无人照管的流浪狗在大街上瑟瑟发抖，更使人心中酸楚的了。因为我在童年、少年的时候，和母亲睡在一间到处漏风的小屋，屋顶的椽檩布满白霜。早晨起来，水缸冻了，尿盆冻了。

母亲经常说到冬天，说到冬天的寒冷，说到穷人过冬就是过命，这些话像刀子一样刻在我的心上。

"三九"这天，我们把褐黄色的小狗接回家中。它已经四十天了，经常从狗窝里跑出来，跟着大狗在院里跑。刚刚落过一场雪，天气越来越严寒，我们怕它冻死，或被路上的车碾轧到。

看着它安安静静地卧在家里的垫子上，就好像母亲来到我的家中。

赏 析

总惊叹于作者叙事的纯粹，手法的纯熟。第一部分在叙述写作缘起，点明母亲离世已三十余年的同时，仅引用了叔伯姐姐的一句"五妈一辈子猥獕，死了也没人怕，连雀儿燕儿都来抢食！"既说尽了母亲在世时的寒微卑下，也由此引出对贫贱一生母亲的思念。

第二部分叙写我从未梦见过故去的母亲，母亲一辈子不认得钱，她一生少吃没穿，作者是多么想得到母亲的一点"消息"，但是越想得到越是没有，思念日久反倒让思念成了一张白纸。这儿没有"消息"二字却是处处写"消息"，没有"思念"二字，又是处处写"思念"，真是"不着一字，尽显风流"，含蓄深沉，弦外有音。

"思念"久了，依然没有"消息"，就要去寻找，这便是第三部分找母亲，在坟头，在母亲出生的村庄，在"我"出生的村庄，在继父出生的村庄，四处都有母亲的身影音容。这部分仍是紧紧围绕隐于文中的"消息"展开叙述,一件件往事如一粒粒珍珠被这条隐线穿成"思念"的佛珠，挂在了作者的颈脖上，任其摩挲。

第四部分，寻着寻着，想起母亲曾爱侍弄小羊,于是思亲及畜,觉得小牛小驴身上都有母亲的魂魄。寒冬里作者把一只流浪狗的狗崽抱回家，因为母亲一生饱受饥寒之苦，"母亲经常说到冬天，说到冬天的寒冷，说到穷人过冬就是过命，这些话像刀子一样刻在我的心上。""看着它安安静静地卧在家里的垫子上，就好像母亲来到我的家中。"这样的移情寄思，有种超越物界的佛性，温暖、广博、慈善……

（李晋成）

暖和人的影子

有一年，继父的一个外甥从口外回来看他。

他叫寄孩子，是个盲人，身体粗壮，上身穿着四五件外套，脖颈上堆叠着领子，脚上穿着一双磨旧的黄布胶鞋。

他有一个姐姐，住在我家西边的土窑，几年前去世了。

一天正午，我放学回家，看到他坐在窑前的石墩上，眼皮不停地忽眨着；头一会儿转到这边，一会儿转到那边，有时垂下，有时抬起；有时微微含笑，有时轻轻叹息。

后来，他站起来，踩着石级走上去，托住门框，把手伸开，慢慢地抚摸着门板。此后，他抓住门环，在手里来回搓弄着，一遍遍地叩击着它们。

他在我家住了十几天，话很少，问啥说啥，不问也就不说了。白天，继父出去一会儿，他坐在窗前，身子扭过来扭过去，显得很焦急。只要我继父从外边回来，还没走进院子，寄孩子就喜形于色地说："大舅回来了，他眼不行，走路还是磕深绊浅的！"

晚上，在昏黄的油灯下，他们谈论着分散在各地的亲人，寄孩子紧靠在我继父身边，脸上总是笑眯眯的，他歪过头来，不停地眨巴着双眼，生怕漏听了哪句话。

那天，大队的皮车要进城拉化肥，寄孩子要搭车走了。继父还要留他多住几日，寄孩子说："不能了大舅，我跟人家请了半个月假，以后我再回来看你！"

他在内蒙古武川的一个盲人搓绳厂工作，五年才能请一次探亲假。

吃过早饭，我拉着寄孩子的左手，继父搀着他的右胳膊，一起向饲养院走去。

寄孩子爬上了车，车倌跳上了车辕，车要走了，寄孩子猛地喊了一声："先不要走，大舅，你过我跟前来！"

他伸出双手，一只手抓住继父的肩膀，另一只手仔细地抚摸着继父的额头、眼睛、鼻子、嘴巴，直至他花白的头发和两只耳朵，然后说："大舅，你老了，小时候你一天背着我，数对我亲了！我这一走，不知道啥时才能见你。大舅，我真想就住在你家，永远也不走，可我得吃饭。"说着，竟止不住呜呜地哭起来。

寄孩子的话说得周围的人都哭了！

他走了这么多年，从此杳无音信。三十多年过去了，寄孩子也早已不知埋在哪里的地下了。他是蝼蚁一般的人，但是他对亲人的那份爱恋和真情，老是在月明星稀的时刻，浮现于我的心头，湿润着我的双眼。

什么时候，我能找到寄孩子的坟头，给他树块碑，我想对他说："寄孩子，你是我永远的亲人！"

赏析

本文写了一位盲人，离开家乡亲人多年，在异地就食谋生，有一年回来看望他的大舅。

寄孩子的外貌描写，一是穿着，"上身穿着四五件外套，脖颈上堆叠着领子，脚上穿着一双磨旧的黄布胶鞋。"

他坐在姐姐窑前的石墩上，"眼皮不停地忽眨着；头一会儿转到这边，一会儿转到那边，有时垂下，有时抬起；有时微微含笑，有时轻轻叹息。"后来他走上去抚摸姐姐的家门,敲击门环倾听那往昔的声音。

大舅出去一会儿,他如坐针毡,"身子扭过来扭过去,"显得很焦急。大舅回来,寄孩子紧靠着他,听他说话,生怕漏掉一句。

他走的时候,把大舅叫到跟起,在大舅的脸上抚摸来抚摸去。

这些细节,把一个思念亲人、深爱亲人的盲人形象描写得淋漓尽致,感人至深。

现代社会,人与人的关系越来越疏远,亲者不亲,骨肉疏离。而盲人寄孩子大老远回乡看望大舅这一幕幕,永远使人泪目!

(秦云霞)

说　春

邻居家有位老太太，常年多病，整个秋冬季节都待在家里。

这天，我见她坐在户外窗前，微闭着眼，脸上洋溢着童真的笑容。

我问她："看得出，您今天一定有快乐的事情。"

她说："今天倒没有，我是想起小时候的一件事情。有一年春天，我们村东向阳的土坡上，绵绵的土里面长出一根青草。我们一伙孩娃怕它渴死，就拿罐子和瓶子从河湾取水给它喝。"

"活了吗？"

她不好意思地笑了："那天呀下了一夜雨，第二天到处湿润润的，我们跑到那儿一看，草全绿了。"

我对她说："这种事情村里的孩子们都干过。"

她点点头："那时候穷，人也傻，可这老了吧，一想起高兴的事都是在那会儿，你说奇怪不奇怪。"

那天，我和老太太聊了很久，我们都觉得春天和童年是非常美好的事。童年远去了，但春草芽尖的味道却如山寺的钟声，久久不曾散去。

年后，天气暖和了。这天，邻家老太太过来和我拉话。她说："我今天清扫院子，你猜我发现啥了？我在墙角堆放闲物的地方铲出了好些往年的树叶。"

她向我展示手掌里的东西，我接过来细细察看，发现是十片树叶，片与片之间铺着薄薄的一层沙土，一片压着一片。最上面的略显微黄，后面的逐渐变黑，而最下面的那层已经混合在泥土里，不容易分得清了。

"好像有十来层吧。"我观察着说。

"是十层,我老汉下世正好十年了。"老太太说着,神情有些黯然。

"不过,"她很快转悲为喜道:"你没看到吧,今年的青草又露头了,你快来看!"

我们一起来到她的院子,老太太指着破屋前的一堆柴草,四周打扫得干干净净。老太太蹲下来,慢慢把柴草扶起一点,扒拉开下面的土,兴奋地说:"看,这不是刚刚长出的青草吗?"我有些不相信,因为目前天气尚寒,还不是万物生长之时。但当我凑近前去一看,果然,在厚厚的柴草下,在暖融融的土里,青草的黄芽儿上已经顶着茎茎嫩绿,破土而出了。

她说:"死鬼走了这些年,院子从来没人扫过,今年我想收拾一下。扫到这儿的时候,我把散乱的柴草往里推一推,伸手一摸就摸住了青草,啊呀,这么早,雪还没消尽,天还是这么冷!"

老太太说着,得意地笑了,我也笑了。的确,这个春天的开头实在不坏。人生有涯,一岁一春,一世一春。我们不可能容颜永驻,但是只要春在心中,童心未泯,不管人世间有多少失意和磨难,我们都能绽放灿烂的笑容。

我们这个世界上,俗气的人尽管不少,但也有像邻家老太太这样的人,虽则一生坎坷,年老多病,却总是热爱生命和春天。时光虽然把她变作老妇,但她童真的心却无时无刻地浇灌着村东的那株青草。

回到家里,我把这件事跟妻子说了,此后,我们半晌无言。是啊,多少个春夏秋冬过去了。结婚三十年来,我们在生活的路上艰难跋涉,在人世的惊涛骇浪中载沉载浮,在寒凝大地时期许着春华,在漫漫长夜里期待着黎明。我们一直盼望着人生的春天,相信春天的脚步是任何力量也阻挡不住的。

第二天,天气格外暖和,妻对我说:"咱们推着老太太到野外转转。"

我把这个意见告诉了老太太,她说:"带上罐儿,拿上瓶儿!"

赏析

"老娃娃"是指有孩童气的老人。文中的邻居老太太就是典型的"老娃娃",童心未泯,亲情永驻,向往春天,热爱生命。在她的记忆里有承载童年美好的"罐儿""瓶儿"。丈夫离世十年,她常挂心间,时刻怀念,所以发现那十层枯叶时才那么激动,专门拿来让"我"察看。而更让她惊喜的是柴草下青草的嫩芽,在冬雪未尽、天气尚寒之时已破土而出,这是春的讯息、生命的活力。老太太经历坎坷,身子多病,但心里满是阳光与美好,这正与"我"和妻子对人生春天的满怀期盼相契合。情感的交流,精神的共鸣,让他们仨相约走进了自然的春天,走向了人生的春天。

"我"愿意问老太太的心事,老太太也愿意讲给"我"听,可知他们邻里融洽,这需要真诚、包容、理解。老太太找"我"看枯叶、看草芽,"我"便仔细地"察看",还听她念叨,细致耐心,不以为烦。最后,"我"与妻子愿意推着老太太"到野外转转",一起去感受春天。

(李晋成)

心灵的庙堂

那天上午，回到家里忙着生火做饭。

忽然，一声沙哑苍老的呼唤从窗口飘了进来："磨剪子唻，戗菜刀！"

多么熟悉的声音，走过了一年的风和雨。原来，我们都以为，我们与那个缘悭一面的安徽老汉，今生今世恐怕是永远天各一方，再难相见了。万万没想到，时隔一年，在又一个秋天里，天上飘着去年秋天那日同样的毛毛雨，他又回来了。

"磨剪子唻，戗菜刀！"

磨刀人停留在我们窗前，眯缝起眼睛朝里张望着，我和妻子都停下手里的活儿，心情复杂地交换着眼神。

磨刀人在我们窗前来回走了两趟，然后慢慢走出了大院。

记得去年秋天的一个正午，天上下着毛毛雨。我下班回家，走过巷道，见一位磨刀老汉正躲在屋檐下避雨。他花白的头发，焦黑的脸膛上滚落着雨水。

出门多么难，挣钱多么不易，"走吧，到我家避避雨！"

那天中午的午饭是普通不过的挂面，磨刀老汉起初不肯吃，我们说："吃吧，不向您要钱。"

他吃饱后，我让他上炕休息一下，我们就这一条炕，他说："我就在条凳上丢个盹，出门人，惯了。"

下午，我和妻子上班，磨刀人在我们头前走了，从此，再没见过。

他走了的那几天，我和妻子私下议论："这老头也真没礼貌，咱们让他吃饭，他应该问问咱们磨不磨刀，实际上咱们不用他磨，有句话就成了。"

"可能他实在累了。"我猜测。

"出门人啥人也遇，哪有那么多的良心？"妻说。

谁料到一年后他又来了，此刻他到了哪里？我推门出去，想到外面观看。转过院角，只见那个安徽老汉和四五个年轻的磨刀人都坐在巷道里。见我出来了，那个安徽老汉站起来说："就是他！"

那几个年轻人猛地站起来，跟着那个安徽老汉，走到我跟前，齐刷刷地弯腰鞠了一躬。

安徽老汉说："去年秋天我离开你们这儿，一年走了四省，今年准备回家了。原来计划从河南走，这几个年轻人听我说山西晋北有这么一家好人，宁愿绕道也要来看看你们。"

这一年，他们从山西入内蒙古、上宁夏、青海、新疆，行程五千里，都是步行。返回的时候，直接沿陇海线，算是最近的距离。如今他们绕道晋北，得多走多少个日日夜夜？

他们的肩头挑着重担，风尘仆仆，汗流满面，言语生疏，但是，他们的神情分明是虔诚的。

刹那间，我的眼泪哗哗的，就因为一碗普通的挂面，因为那样一个雨天，一个走南闯北的人，在我们新婚不久、窄小的居室里，感觉到人生的温暖。虽然时间过去了一年，他还能清晰地记得我们的小屋，小屋因之而成为他们心灵的庙堂！

赏析

感恩是人类最朴素最基本的思想行为，是人们的一种良知。《心灵的庙堂》就是讲述了一个有关感恩的故事。"我"看外乡的磨刀老人可怜留他吃了一顿饭。在我早已淡忘这件事时，老人却专程绕道来看望我。故事并不生动，却很温暖人心。

　　文章开篇，用倒叙手法。未见其人，先闻其声。一声"磨剪子咪，戗菜刀"打破了我和妻原有的宁静。"多么熟悉的声音"，他又回来了？他是谁？他们之间发生过什么？这一悬念未解，接着磨刀老人走到窗前，又走出了大院，这不禁让人产生了疑惑。我和妻子心情复杂地交换了眼色，这就又产生一个悬念。接下来，夫妻回忆了他们和磨刀老人之间的过往。文章开篇不凡，悬念迭出，抓住了读者的好奇心。

　　文中，讲述了磨刀老汉时，用了先抑后扬的方法。一天阴雨连绵，我看老汉可怜，让他来我新婚不久的家避雨吃饭，可老汉走后杳无音信，连句感谢的话都没有。妻子也说"出门人啥人也遇，哪有那么多的良心"。过去便也不再提了。今天突然听到了那个熟悉的声音，看到那个老汉看了看我们又走出了院子，我追出去要探个究竟，感人的一幕出现了，老汉说他们几个人从新疆返回行程五千里，舍近求远专程来看我，就为去年雨天的那一次相遇。抑扬手法使整篇情节起伏，摇曳多姿。

　　"文似看山不喜平"，整篇文章，设置悬念，先抑后扬，情节结构跌宕起伏。结尾处，直抒胸臆，点名题旨，简洁有力。

（杨丽华）

壮年高歌

曾经我在一人独行的时候,心中默默地哼唱过一首歌。

十五岁那年,我在远离家乡的小镇念书。在学校与家的绕返沿途要经过几道大梁、数条小河,还有一眼望不到头的几处密林。

从蒙晋交界处的一个小山村出发到我求学的地方,有五十多里路,我一星期跑一个来回。星期六下午回家,星期日下午到校,风雨无阻,寒暑不辍。

一人行进在这高天厚土、漫漫长路之上,大梁如波浪起伏,过了一道又一道。春秋季节林中涛声如潮,寒冬腊月风雪弥漫天地。更多的时候,四野寂静,了无人烟,难免令人觉得害怕和孤独。于是,我就悄悄在心里唱歌,一支接着一支。唱着唱着,遥远的路就慢慢走到了尽头。

有一年,母亲病得很重,在炕上躺了很多天,我想留在家里伺候她,她不让。当时正值秋天,返校的路上北风呼啸,黄叶飘零。我一人行进在这莽莽苍苍的山梁,便得心急如焚,忧伤万分。情急之下,不由哼唱起母亲在不如意时唱过的歌:那是很多年前,大哥被洪水冲走了;又过了几年,四哥在冰河上摔死了。自那以后,母亲在一人做活儿,尤其是缝缝补补的时候,经常哼唱着一首忧伤的歌,一曲唱罢,眼里总是泪花闪闪。

我记得,母亲在哼唱这首歌的时候,到最后,总会焕发出一些轻快、坚定的旋律。尤其是当她看到我的时候,眼里总是闪现含泪的微笑。

冬去春来,青草泛绿的四月,正如我盼望的那样,母亲的病一天天轻了。终于有一天,她又站在村头,目送着我爬上村子对面的山梁。

在困难的年代,我们母子都在默默地、轻轻哼唱着一首歌,有时在口里,更多的时候是在心中。

可是,在我的整个少年时期,却始终不敢在众人面前唱歌。我在县城念高中的时候,班里排练大合唱。我站在那里,心里千呼万唤,却怎么也张不开口,引得同学们一个个拿白眼看我。

老师和班干部批评我,我难过得直流眼泪,我说:"我会唱……"

"会唱为啥不唱?"

结果,我离开了合唱队,老师和同学们认定我心智不健全,有病,我也认为自己不能唱歌,只能在一人独处的时候,默默地在心里唱歌。

再以后,读了大学,我是班里的生活委员。每年迎新晚会上,我给大家分发着糖果、瓜子,然后听着男女同学们一曲曲地高歌,脸上洋溢着欢笑,我的心中却是万般地酸楚。

1991年,我到山西文学院第二期读书班进修,和全省的文学新秀共同学习。这年,母亲辞世已经三年了,昔日的大学同学也星散各方。青年作家又不同于大学同学,个个都是魅力四射的人。在充满了艺术细胞的才俊中间,在歌声诵诗声中,我独坐一隅,被人们遗忘了。

进修结束那天,许多知名作家和我们一起在酒店聚会,他们渲唱的歌曲一首接着一首。这时,一位平素并不多言的女作家意外地邀请我唱歌,我慌慌张张地站起来说:"我从小到大,一直不会唱歌。"

她说:"你能,你是心里唱歌的人,心歌一曲献真情,欢迎他!"

在众人的掌声中我站起来,眼前浮现出我们晋北的山川,那里的劳苦大众、母亲和我们一家,还有那条弯弯曲曲的长路,以及长路上一位少年正在孤独而歌……

我用自己的心灵体验,为大家演唱了一首晋北民歌《割莜麦》。起初我的嗓子有点抖,也很拘谨,紧接着我就放开了。我没想到,我的歌喉是那样的苍凉、高亢，那样饱含着深情。

一曲唱罢，听众们先是寂然无声，良久，雷鸣般的掌声响彻了大厅。

那一刻，我向这位女作家深深地鞠了一躬；那一刻，我不由得热泪盈眶……

赏析

歌声是人类表达情感的最原始的方式，也是离心最近的声音。

这篇散文，以唱歌为贯穿全文的主线，讲述的是人生最艰难时的经历，那是人生路上一段最苦涩的年华。

文中写了几个唱歌的场景，很有画面感。漫漫长路，寂寂旷野，为驱赶孤独、害怕而唱歌；北风呼啸，黄叶飘零，牵挂生病的母亲，唱起母亲经常唱的哀歌，面前浮现出母亲含泪的微笑；离开班里的合唱队，一个人伤心独处，默默地在角落用心唱歌……这歌声，有一个共同的主旋律，就是孤独、忧伤和内心的煎熬。此情此景，让我们看到了一个不善言辞、备受生活重压的少年，在荒凉的人生路上，正在苦苦地挣扎。

人到中年，进了作家研修班，多少年埋藏在心底奋斗的艰辛和自己走过的路一幕一幕浮现在眼前，化为动力，憋足了劲，饱含深情，像火山喷发一样，放声高歌。歌是用心唱出来的，文是用情写出来的。

（郭丽娜）

郭丽娜，女，山西省平遥县人，山西师范大学中文系毕业，高级教师，现为山西省五寨县第三小学教师。

最后一朵二月兰

那年，我在院里搭起几间花棚，养了一些花，把它们都栽种在花盆里，有人来观看，偶尔也有人买。

有一天，我从花棚忙乎完，正洗手，忽然看见一个六七岁的男孩站在入口处。他的脸似乎好多天没有洗，脖子黑得就像车轴，头发像毡片一样扣在脑袋上，身上穿的那件褂子又肥大又肮脏。

我走到他跟前，问道："你是哪的，要饭的吗？"

他说："不是，我是买花的，等您好长时间了。"说着他伸出一只脏兮兮的手，里面放着一张揉皱了的五元票子，"我想买一盆二月兰。"

我摇摇头。他赶忙问："不够吗？买盆小的行不行？"

我说："你买花干什么？你家在哪里，买回去谁养它？再说二月兰这几天正打苞，开花还早，你要它干吗？"

他在一盆二月兰跟前绕来绕去，两眼露出了惊喜的神色。那是一株茁壮的花，花苞已经很鼓了，花盆是红陶的，又厚又大。

他用乞求讨好的目光望着我，说："我就想要这盆，我只有五元钱，我知道不够，我会帮你干活的。"

我说："孩子，叔叔不问你要一分钱都没什么，我是说，你有家吗，你要放在哪里？"

他垂下了瘦瘦的脑袋，半天搓弄着手指，不说话。他再次抬起头来，两眼饱含着泪水，牙齿咬得咯咯有声，嘴唇颤抖着说："我爸妈分开了，他们没人要我。"

我弯下腰,抚摸着他的脑袋问:"你买花到底是送给谁呢?"

他说:"我们家一直有一盆二月兰,年年都开花,后来他们吵闹打架,离了婚,那盆花就再也没开过,后来就死了。"

哦,我明白了,在这个无家可归、四处流浪的男孩心中,二月兰代表着他童年的幸福时光,见证着一个曾经和美的家庭那份浓浓的亲情。

但是,我有些担心地说:"有了这盆花,他们就能回来吗?"

男孩说:"他们都在外面打工,我到处流浪。可是我知道,他们都在找我。有好几次我看见爸爸妈妈分别站在我家窗前,望着那盆死去的花流泪。"

我急了,说:"那你为什么不喊住他们,你不想念他们吗?"

男孩呜呜地哭了,瘦弱的身子剧烈地颤抖着。我明白了,这几年风里雨里雪里,他像一只流浪狗一样,吃在哪里,睡在何方?小小年纪,吃了多少苦,遭了多少罪?他一时半会儿不能原谅他们。

"开花的时候他们会回来找我的!"他擦干眼泪说。

我点点头,"但是你准备把它放在哪里呢?"

"就放在叔叔这儿,我天天过来看!"

我愿意他的希望会变成现实,他挑选的这盆二月兰确实是最好的,那花苞鼓鼓的,即将开放。根据我的经验,它至少要开十二朵花呢!预示着我们一生中的每年所经历的月份。

临走时他告诉我,他的名字叫苏凯,是二月兰开花时出生的。

每天黄昏后,苏凯都要来看他的花。我为他的二月兰施了足够的肥。有天清晨,从花苞里伸展出一朵淡蓝色的花朵,它的香味是淡淡的。此后,它连连开花,而且开得实在有些快。等到第十二朵花盛开的时候,苏凯的爸爸妈妈还没有回来。我有些急了,这可是最后一朵。我把这种担心告诉了苏凯,他想了想,说:"他们肯定会在这个时候来找我。"

这天上午,一位英俊的男士陪着一位衣着鲜艳的女士前来买花。虽然他们的穿着是那样讲究,但两个人的脸色都极其灰暗。他们两位一进花棚,就看到了那盆盛开的二月兰。

他问:"我喜欢这盆,多少钱?"

我说:"它已经有主了。"

那位男士又说:"我给你多加钱,不就是钱吗?"

我说:"我已经答应了一个孩子,他只给了我五块钱,但是我没要,我这是专门送他的。他要把它送给他离异的爸爸妈妈,希望他们和好,希望他们一家人团聚,你说我能卖吗?"

两人一听,赶忙打问那孩子的各种特征,我讲到他明亮的眼睛,讲到他瘦瘦薄薄的一张嘴,讲到他几年来的流离失所,讲到他梦寐以求的那个愿望。我还要讲,那位女士急急忙忙地问我:"他叫什么名字?"我告诉他:"苏凯,他是二月兰开花时生的。"

那位男士深深地垂下了脑袋,那位女士禁不住哭出声来。刚才我只顾讲这个悲伤的故事,这位女士的哭声使我刹那间明白了是怎么一回事。

我让他们坐下来,急切地告诉他们,黄昏的时候他一定会来,你们先回家去,打扫一下屋子,给孩子准备点衣服,放点热水给他好好洗个澡……

他们风风火火地走了。

黄昏降临时,苏凯果然又来了。他坐在自己的花前,不时用鼻子闻闻它的香味。我给他取了一块面包,倒了一杯水。花棚里的电灯也早早打开了。妻子特意做了一桌饭菜摆放在花棚里,怕凉了,都用盆子扣着。

不知道什么时候,苏凯的父母就站在我们身后,我轻轻拍了拍他的肩膀，他猛地回过头来，看到了身后的父母。

他舒心地笑了，指指花儿，接着又把那盆花端起来，放在爸爸的手上，随后握住妈妈的手，端详着她的面容，大颗大颗的泪珠止不住地滚落下来。

他们一家人紧紧地抱在一起，我接过那盆二月兰，闻着它淡淡的清清的香味。

确实，我养过很多种花，在所有的花中，二月兰的香味最令人陶醉。

赏 析

本文是一篇托物言情的散文。兰花是我国"梅兰竹菊"四君子之一，有着高尚的君子之称，它寓意着高洁典雅、坚贞不渝。

本文中苏凯一家一直有一盆二月兰，年年都开花，而花之果就是苏凯，之后因苏凯父母经常"吵闹打架，离了婚"，"那盆花就再也没开过，后来就死了"。从此苏凯过上流浪儿的生活，二月兰就成为苏凯挥之不去的心结，在他的心灵中，兰花的开放之时，就是见到父母之日，他盼望父母破镜重圆，花香再来，于是出现了文中开头苏凯买花的一幕，也道出了苏凯买兰花的缘由。

等待二月兰第十二朵花盛开的日子是漫长的，就在"我"接近绝望时，一对男女前来买花，一进花棚，他们就看上了苏凯选中的那盆盛开的二月兰。这是一种巧合，还是一种缘分？冥冥之中作者以二月兰为媒，让亲人团圆在最后一朵二月兰花前，闻着它淡淡的令人陶醉的香味。

全文借花喻人，以人寓花，花如人，人似花，将人类的亲情爱情都融在二月兰之中。这是作者的期望，也是天下人共有的善举善心。

确实，兰花那撩人而带有神秘感的幽香，是世界上任何一种花卉的香气不能比拟的。

（杨希存）

> 杨希存，男，1954年生，山西省五寨县人，曾任五寨县第一中学教师，中级教师职称。曾任五寨县作协主席，现已退休。

丽　娟

丽娟今年不知多大，嫁到哪儿去了。

她们村叫残虎堡，在晋蒙交界，地势很高。站在堡墙上能够看到内蒙古的一些村落和灰蒙蒙的远山，以及西北边一个白色的点子，那是一片水。

那年春天，青草才发芽，我来到这个村，住在亲戚家里。这个村有一伙女孩儿，从十五六岁到十七八岁不等，有七八个人。她们一天到晚形影不离，走东家串西家，叽叽喳喳，打打闹闹。

有天早晨，我正在洗脸，她们来了，坐在西房炕沿上打毛衣，不时向我这边探头探脑，咬耳说话，咪咪傻笑。

我走过去，看看她们打的毛衣，用的都是旧线，颜色很杂，针法粗枝大叶，针脚不匀，就由不得发笑，说："假装打毛衣呢？你们打出的网兜兜，装苹果肯定漏不了。"她们就笑，一个说："我们才学，一下哪有那么好。"一个说："你笑话我们，你连这几下也不会。"我说："这就是你们的营生，要做就做好，哄谁呢？"她们不说话了，挤在边上的那个姑娘说："我们打得不好，我们村数丽娟手巧了，打毛衣，做针线，茶饭也做得不赖。"

我问："谁是丽娟？"

她们说："看你这话说得，丽娟就是丽娟，她在家喂猪呢。"

后来我认识了丽娟，她正处于发育期，剪发头（山西方言，短发），有点瘦，一笑就露出一对虎牙。因为爱笑，就常常用手臂挡住脸面。她的上衣旧了，袖子很短，露出腕子很长，手很粗糙，那是经常做家务的证明。

有一天，我到她家闲坐，天黑了，她妈张罗着做饭。炕头上的面已经起好了，准备用去年的腌肉包包子。我起身要走，丽娟说："我知道你不吃肉，我给你包些素包子。"

她用熟山药和了白菜豆腐，又到院里拔了几棵葱，倒了很多胡麻油。那馅子经过她的精心调配，蒸出的包子，散发着自然与大地的清香……

在这个村住了些日子，我想到稍远的内蒙古走一走，丽娟妈对我说："内蒙古你不熟，那边有我家的亲戚，让丽娟领着你去！"

次日清早出发，太阳刚刚升起，田野有雾。翻过几道山梁，看到那个白色的点子原来是一个大湖，湖边堆满很多破碎的瓦片。湖的南边是一个村庄，丽娟说："这是双古城，在这里能捡到铜钱。"

双古城是内蒙古的一个乡，这里有一家简陋的商店，我在店里买了两听健力宝，给了丽娟一个。我给她打开，她喝了一口，不断地咂摸舌头，说："这东西好扎嗓子！"我们在店里转了转，看到一种发卡，我给她买了，想到路上要不断擦汗，又给她买了一块手绢。

我们在她的亲戚家住了一晚。晚上，我和房东男人睡在东屋，听着窗外初夏的杨树发出沙啦啦的响声，听到屋后的湖水轻轻地拍岸。

第二天一早我们往回返，天热，路远，走得很累。过一条沟的时候，丽娟伸出手说："拉我一把！"我把手伸过去，丽娟忽然红了脸，摇摇头，说："你有媳妇，我不跟你拉！"我说："拉手又不是结婚。"丽娟说："不结婚就不能拉手。"我说："好，好，好，你自己过。"

黄昏时分我们回到残虎堡，第二天一早丽娟来找我。她掏出一个手绢包说："我还你钱，一共是四块七毛钱！"我说："健力宝算我请你喝了，因为我吃过你们家的饭，你把发卡和手绢的钱给了我行了。"

她想了想说:"成!"

一晃二十年过去了,我常常想起丽娟,每每感受到她的纯洁和美好。我和她共同走过的那条路,我多么希望能再走一回。

这么多年过去了,想必丽娟已经是拖儿带女的人了,在茫茫的人海中,多歧的世路中,她拉住的,定然是一双相亲相爱的手;岁月可以使她老,但她清纯的心永远不老。

赏析

《丽娟》一文,如清泉,似茉莉,像春风。它清新淡雅,如乡间的野花恣意地生长。《丽娟》之美,在于它不事雕饰,纯朴自然;《丽娟》之美,在于它写出了生活中人的美好!

丽娟是一位尚未发育成熟的农村少女,作者对她的外貌进行了简单的描绘,"她正处于发育期,剪发头,有点瘦,一笑就露出一对虎牙。因为爱笑,就常常用手臂挡住脸面。她的上衣旧了,袖子很短,露出腕子很长,手很粗糙,那是经常做家务的证明。"

这位身着旧衣,因身体在不断长大而袖子已经很短的女孩是普通的,她有点瘦,"一笑就露出一对虎牙"。但她也是细心的、善良的、友好的,知道作者吃素,留下他,给他包了一些素包子,"蒸出的包子……散发着自然与大地的清香",是作者对这位农村小姑娘的由衷感激。

作者想到内蒙古那边走一走,丽娟妈对我说:"内蒙古你不熟,那边有我家的亲戚,让丽娟领着你去!"丽娟妈和丽娟一样,她们代表的是偏远山区淳朴善良的百姓,对于外界的不设防,对于人的信任、爱护和帮助。

作者描写丽娟陪作者游历双古城回来的路上,过一条沟时,丽娟把伸出去的手缩回来，忽然红了脸，说："你有媳妇，我不跟你拉！"我说："拉手又不是结婚。"丽娟说："不结婚就不能拉手。"

回村后，第二天一早丽娟来找我。她掏出一个手绢包说："我还你钱，一共是四块七毛钱！"我说："健力宝算我请你喝了，因为我吃过你们家的饭，你把发卡和手绢的钱给了我行了。"她想了想说："成！"

读到这里，如山涧清泉一样清澈、甘甜的农村小姑娘丽娟的形象便跃然纸上——那是至今还未被污染的母亲河。这条河刚刚离开高原雪山，是那样细小，又那样清冽。

《丽娟》是献给未来母亲的赞歌，它的美不言而喻！

（李恒）

平生快事走天津

儿子在天津工作快一年了。今年11月底，他给家里打电话，要我们老两口去天津看看。

妻患神经性皮炎，找了一个很好的中医，治疗效果明显，正在第三疗程服药期，不能去。妻对儿说："让你爸爸去吧！"

这是我平生第一次去天津。如果不是儿子在那里，今生或许我就永远不会到天津，因为咱老百姓没闲钱，偌大中国，有那么多你没有到过的地方，名山大川，通都大邑，转得过来吗？

妻对我说："人家别人在天津举目无亲，已经不知道去了多少回了，如今咱儿在天津，又让咱去，快去吧！"

11月底下了场大雪，又是雾霾天。我在网上购好11月25日的票，19点03分开车，我18点打车过去，路上拥挤，到站后正好19点，入口已经关了。只好退票，改乘27日同时段车。打出租车返家时，我给儿子打了电话，说明情况。儿子说："也好，你来了正是星期六，我领着你转转。"我说："你给问问天津最好的书店在哪儿，别的地方我就不去了。"

27日坐了一晚上车，11月28日早晨6点多到了天津站，然后打出租到儿子居住的河北区泰兴路。出租车司机问我到泰兴路什么地方，我把儿子发来的短信递给他看。他说："这不行，我得问问你儿子具体在哪儿，否则就得走冤枉路。"他跟我儿子通话后，才放心地说："走吧，一会儿就到！"

司机的举动使我心中一热。很多年前我到过两次北京，都是出租车司机拉着绕弯儿，欺负外地人不认路，天津出租车司机不是这样。以后的两天，我和儿子打出租车往返，司机们都是拣近道走，而且给我们详细介绍天津的情况，我们向当地人问路时总能得到热情的回答。作为父亲，我为儿子能到天津这样民风淳朴的城市工作，感到由衷的高兴。

儿子和三位同事租住在泰兴路公寓，一人一间卧室。房间的地上是多日不扫的纸屑、瓜子皮，厨房里放着切开的白菜，还有未洗的碗筷刀具。

晚上，儿子到另一栋楼和同事伙睡，让我睡他的床。躺下后，我才感到床单下没褥子。被子是他从西南交大研究生毕业时新买的，厚墩墩的，盖上能够抵御冬日北方的严寒。

一张写字台上面放着单位发给他的笔记本电脑、常戴的防水手表，抽屉里放着一些专业书籍。靠墙的一面放着一只塑料收纳箱，另一面是一个拉链衣柜。衣服虽然不少，但没一件正经东西。我们家是普通的工薪阶层，好多年来儿子的衣服就不上档次。如今他虽然挣上工资了，施工期间的工资加补助上万，但积习难改，还是不懂生活，还不会照顾自己。

和儿子在天津逛了两个书店，买了些书。我们又到古文化街买了两串崖柏手串，我又买了条蜜蜡佛珠，很漂亮。

在天津转悠的两天，打出租、吃饭基本是儿子花钱。从小到大一直是他问我们要钱，如今突然花起儿子的钱，心里真是五味杂陈。

准备回家时，我对儿子说："你给我一百块钱，我怕路上不够！"儿子说："拿上五百吧！"我说："那就拿上二百吧！"

他的房间窗台上放着很多洗发液、沐浴液、液体肥皂，地上还放着一桶花生油，是他单位发的。儿子说："爸爸你有力气都拿回去吧！"

我说："我拿上几个洗发的还有云南白药牙膏吧，别的我拿不了！"

儿子又从拉链衣柜里取出十双白线手套说："这你带回去，冬天骑摩托戴上手不冷，都是纯棉的！"我说："摩托早丢了！"儿子说："丢了就丢了，经常骑摩托不安全！"

我把这十双棉线手套放进背包的底部，确实，它们都是纯棉的，是儿子在祖国大江南北、长城内外，铁路建设施工时常戴的。棉线手套是寻常之物，算不得什么特别的礼物，但在我心中却珍贵无比，因为它是我们家庭之花盛开的最好见证。我出身苦寒，深知百姓子弟的一粥一饭来之不易——摸着它，就像是摸住了儿子开创的崭新生活，感到了祖国在料峭春寒中那遍布旷野的隐隐绿意。

回家后的第二天，我和妻就上街给儿子买了一条用新疆棉花做的新褥子，整整八斤棉花，当天就给他寄走了。

在这寒冷的冬天，我们愿他过得暖和，也期盼所有离家在外的游子——你们都有一个温暖幸福的人生！

赏析

本文是一篇叙事散文。文章共分七个层次，以走天津的时间为序，分别叙述了此行的步骤：缘由、出发、到达、儿子的环境、逛书店、返家、回家后。

到了天津，作者没有观赏天津的市容市貌，而领略到的是天津人的热情淳朴，出租车司机拣最近的路线服务一个从未到津的陌生人，解答顾客所需，并详细介绍天津的情况，这充分说明天津这个直辖市的文明程度，也说明儿子去了一个值得信赖的好地方、让父母放心的好环境。

准备回家和回家后的叙述是作者着墨较多的内容。看望了儿子，逛足了书店，圆满完成了"走"天津的任务。回家时，儿子给他带了十双纯棉白线手套，这些手套"珍贵无比"，"因为它是我们家庭之花盛开的最好见证"。摸着它"就像是摸住了儿子开创的崭新生活，感到了祖国在料峭春寒中那遍布旷野的隐隐绿意"。回家后的第二天，就"给儿子买了一条用新疆棉花做的新褥子，整整八斤棉花，当天就给他寄走了"，并"期盼所有离家在外的游子""都有一个温暖幸福的人生！"从对儿子的挚爱扩展到天下游子的大爱，使文章得到了升华。

  此篇文章题材很寻常，很一般，说白了就是到天津看了一次儿子。能把寻常题材、不起眼的题材写出意义来，抓住人，并且写得波澜壮阔，一唱三叹，余音绕梁，这是创作的硬功夫。是怎么达到这种效果的呢？那就是作者抓住不起眼的、易于为人忽略的小事生发开去，并且这些生发来自一个父亲对儿子无微不至的关心，不绝如缕的爱意。有了这些，十双棉线手套也能感受到祖国的隐隐绿意。

（杨希存）

乡土印记

第二辑

岁月之河

他们俩是在口外成亲的，此前谁也不认识谁。

一个是因为先前富过。
一个是因为穷，
出口外的原因，

右玉卜子的刘有孩

内蒙古武川县有个村子，一村人都是由山西省右玉县走口外的移民构成，所以起名为"右玉卜子"。"卜子"指低洼地带，应是"钵子"。此处临近草地，村庄由流民组成，文化粗放，写字叫对音就行，并且尽量减少笔画。

2012年4月11日清早，我们从右玉驱车经和林、呼市，到武川县寻找这个村。

呼市北部是大青山，武川县的地城南连呼市郊区，很平坦，以北地势则越来越高。翻过一座土石混杂的山，四野是起伏绵延的红土地，地形毫无规律。说山吧，上面较平坦；说川吧，到处是舒缓的大梁，收割机完全可以收割。

这里俗称"后山"，离草原已经很近。红土地就是红胶泥地，种麦子、莜麦都很茂盛。红胶泥应该是河流淤积而成，但"后山"地势高，一个个舒缓的大梁实际上就是由一座座红色岩石的山风化而成的，经过亿万年的变迁，化作了红土。

在右玉卜子，我见到了八十四岁的刘有孩。

刘有孩的老家在右玉县刘贵窑，离我长大的村（道阳村）仅仅四公里，后来迁到破庙（现新庙子村），离道阳村也是四公里。细盘问，他的姐姐嫁到黑流堡，而黑流堡是我母亲的家乡。再问他老伴，今年七十八岁的高润梅则是蔡家屯人，那是我的第一故乡。

再说已经多余了，天色昏黑后，我说："今天晚上我们就在您家住了，咱们吃莜面吧！我不吃肉，咱们煮山药，推窝窝，把车上的汾酒拿回来。"

大儿媳妇很快被喊过来做饭，把家里的土鸡蛋煮了半盆，刘润梅老人从柜里捧出一堆橘子，剥出两个塞在我手里。

刘有孩的父亲叫刘仓，抽洋烟、耍钱、串门子（乱搞男女关系），一辈子不劳动。他七岁那年，日本人来了，父亲把他和母亲卖给王官村的王大，说好他仍姓刘。

秋天，"一家人"出口外，母亲骑着驴，走了小九天。王大的兄弟王二、王四已经在右玉卜子开了地，要车有车，要牛犋有牛犋。住了些日子，继父不待见他，他回去找父亲。父亲这时已经和破庙村一个外号叫"鬼毛驴"的女人结了婚，刘有孩打不回柴父亲不给他吃饭。有一回他上树折干树枝，掉下去，摔昏了。醒来后他决定到草沟堡投奔姑姑。当时正是开河时节，苍头河流凌，水势汹涌，他在河上的大冰块间跳跃着，踩空后掉进河里。过了河，腿、肚皮、胳膊都被流凌划破了，鲜血直流。他跑到草沟堡小五道庙，躺在那里浑身发抖，被这村一个拾粪老汉看见，告给他姑舅兄弟李毛蛋。李毛蛋拿一张被子包住他把他抱回家，放在热炕头上，然后给他烤衣服。衣服还未干，他就穿上，跑到黑流堡姐姐家。住了一晚上，第二天和出口外的人相跟着，再次到口外寻找母亲。

到了口外，住了一段时间，继父说，王官村马五要个羊搭伴（放牛放羊的副手），一年给八块洋钱，你回去放吧！他只得再次回来。母亲不放心，和他相跟着返乡。母子俩待了一年，母亲才出了口外。第二年，母亲想念他，正好他二姐要坐月子，母亲要回来伺候。这次继父王大骑毛驴，母亲骑着一匹红骡子。这匹骡子是刘有孩的舅舅卖给继父的,他特别熟悉。

他们走到羊盖板村,住了店,晚上吃饭,母亲吃了半碗多肉,睡下后,继父忽听得她的嗓子"咕咚"一声,赶紧摇晃她,但人已经死了。这年母亲三十六岁,他十二岁……

这天刘有孩没有放羊,到黑流堡村去看大姐。他爬上榆树折榆钱,远远望见一匹红骡子和一头驴进了村。那匹骡子他认识,心想肯定是妈回来了,顿时乐开了花。于是急急忙忙从树上滑下来,光肚皮被树皮磨出血,他在地上蹦跳着,连声喊着:"妈,妈,妈!"并飞快地迎了上去。

骡子和驴停在姐姐家门口,他跑过去问他姐夫张双阳:"我妈哩?"姐夫指指骡背,他这才看见红骡子的鞍子上一边放一个枕头,母亲的身上盖着被子,一只脚露在外面。此时姐姐已知母亲亡故,跑出来扑在母亲身上哭。他蒙了,站在姐姐背后,好长一阵,才忍不住哭出声来。

第二天,母亲被驮到王官村,埋到继父家的祖坟里。第二年,刘有孩再次来到右玉卜子。继父这时又成了家,他留下给继父干活,一直到场面的营生完了。有一天饭熟了,碗端上来了,继父说:"这儿营生完了,你到别处去吧!"黑夜,他去王二家,问王二:"我咋办呀?"王二说:"喂冬牛吧!"他说:"要没营生我就出去讨吃!"

第二天一早,王二和王四在场面吵架,王二骂王大不像人,一是这孩子咋说也是他女人的娃娃,咋能连饭也不给吃就赶人;二是他这么小,讨吃要饭饿死咋办?说着说着王二就说:"他不要我要,让他今天就给我做营生。"王四说:"他昨天才做完场,一个娃娃家,你让他玩几天!"

此后,刘有孩就给王二家当长工。春种秋收,领着口内出来叨工

（打工）的人们拔麦子。晚上王二老婆给他铺好被褥，早晨他一撩被子就走人。王二夫妻人缘好，谁家没种子，去他家拿；谁家吃不上饭，张口要他们就给。刘有孩在这，冬夏季节各穿各的衣服，吃饭想吃多少吃多少。从十四岁到十九岁，干了五年。他十九岁那年成亲，王二给了他十二石莜麦，他给了岳父十一石。

刘有孩十三岁上来到这里，十八年没有回右玉。1949年，他听说右玉解放了，想回去看看两个姐姐。王二给他带了一口袋白面，让他拿驴驮上，说好第二年春起上来，不误耕种。他们相跟着十来个人，路上下着大雪，刮着白毛糊糊旋风，整整走了九天，在内蒙古凉城过了腊八。每天住店时湿了半截裤腿，总得在炉火上烤鞋烤脚。

那天，他赶到黑流堡村已是半后晌。他还不知道姐姐的眼睛已经瞎了，起因是她给人奶养了一个娃娃，日久生情，不想把这个孩子还给人家，那家人也同意了。但谁知，娃娃却在三岁头上得病死了，姐姐想念孩子，整天哭泣，从此眼睛就看不见了。

他进了姐姐家的院门，村人二寇正在姐姐家做豆腐，看见他就说："哎，这不是个有孩子吗？"随后就向里屋喊："美人（姐姐小名），你兄弟回来了！"姐姐说："你灰说哩！"二寇说："看得回来了，咋就灰说哩！"

他进了门和二寇说话，姐姐听得这声音像他，连滚带爬地跳下地，将他堵在门口，左手紧拉着他的手，右手伸出去急急忙忙摸他。姐姐想摸他的脸，却摸在了他胸口。因为姐姐只记得他小时候的模样，却忘了弟弟早长大成人了。

终于，姐姐摸住了他的下巴，随后是嘴、鼻子和眼睛，姐姐在他身上上下左右来回抚摸着。后来，她又踮起脚尖摸了摸才摸到他的头顶，然后揪了揪他的耳朵。此后，姐姐又从他头顶上慢慢往下摸，一直摸到腿和脚掌，摸完后，姐姐靠住柜顶，不出声地流泪。

他上了炕，姐姐还站在原地哭，二寇对他姐姐说："你看，兄弟大老远回来了，十八年没见了，还不赶快给他做饭，紧紧哭做啥？"

大姐这才边抹眼泪边笑着说："我当是我这辈子再见不上我这个兄弟了！"众人说："瞎说，这不是好好的嘛！"大姐边做饭边问他在那边受制不，遭罪不，他说："不赖，那头白面莜面都不缺，掌柜的也不当我个外人！"

第三天他到红土堡二姐家，进了门，二姐家正吃莜面饺子，二姐夫和二姐的老爷爷、婆婆都坐在炕上，二姐用眼忽闪忽闪地看着他，亏得老爷爷说："这不是个有孩子吗？"二姐这才跳下地，抱住他哭开了。

一家人围住他，这个问一气，那个问一气。他在二姐家待了五六天，在大姐家待了五六天，又到草沟堡姑姑家待了三四天。然后又回到大姐家，过了年，直到第二年二月才又出了口外。

临走时，两个姐姐都嘱咐他说："隔上三四年回来眊眊姐姐，要不就见不上了！"

他成家后的四五年头上，二姐过来看过他们，领着闺女巧花（今年已三十六岁）。右玉卜子的人们家家请她吃饭，天天炸油饼、烙油饼。二姐说："你们是专门为我做的还是你们天天就吃这？"他们说："天天就这！"但二姐不信。

1966年武川闹水灾，刘有孩骑着马回了趟右玉，这时候大姐已经过世了。大姐是1960年过世的，过世没告诉他，过后外甥们写信向他道歉，说1960年右玉饿死好多人，顾不上给他写信。

而今，刘有孩的二姐下世也已十七八年了。

赏析

  刘有孩少年时代的人生遭际是灰色的。遭亲父卖弃，随娘改嫁，走口外求活路。旋遭继父嫌弃，不得不返口内寻亲，在村里放羊，形同孤儿，当他"远远望见一匹红骡子和一头驴进了村。那匹骡子他认识，心想肯定是妈回来了，顿时乐开了花。于是急急忙忙从树上滑下来，光肚皮被树皮磨出血，他在地上蹦跳着，连声喊着：'妈，妈，妈！'"逢母亡故，再走口外谋生。一再漂泊，数度游走在死亡的危机边缘。只是为了活着，甚至几乎走上讨吃要饭的境地，这是命运的悲剧。

  文章最最动人的一段是，1949年听说右玉解放了，刘有孩相跟着十来个人，冒着大雪，步行九天回老家看望两位姐姐。他首先来到的是黑流堡村的大姐家。大姐因为抱养了一个孩子，这孩子她非常疼爱，但不幸得病死了。这个孩子的离世使她无限悲伤，经常哭，加上生活困苦，营养不良，导致两只眼睛全瞎了。

  文章写道："他进了门和二寇说话，姐姐听得这声音像他，连滚带爬地跳下地，将他堵在门口，左手紧拉着他的手，右手伸出去急急忙忙摸他。姐姐想摸他的脸，却摸在了他胸口。因为姐姐只记得他小时候的模样，却忘了弟弟早长大成人了。"

  "终于，姐姐摸住了他的下巴，随后是嘴、鼻子和眼睛，姐姐在他身上上下左右来回抚摸着。后来，她又蹶起脚尖摸了摸才摸到他的头顶，然后揪了揪他的耳朵。此后，姐姐又从他头顶上慢慢往下摸，一直摸到腿和脚掌，摸完后，姐姐靠住柜顶，不出声地流泪。"

  这是一幅姐弟重逢的画面，这由上到下，全身的抚摸道尽了一位姐姐对弟弟的所有牵挂和想念、疼爱与关心。摸完后，知道弟弟还是好好的，姐姐靠住柜子"不出声地流泪"。如果把这样的情景画面放在电影、电视剧的影像里面，更加催人泪下。

这样的情景和细节，只能从生活中来，编是编不出来的。我们说文学来源于生活，《右玉卜子的刘有孩》就是如此。

（马宝平）

> 马宝平，男，雁北师范学院中文系毕业，现为太原市杏花岭实验学校语文教师，多年执教毕业班，多次获得高考突出贡献奖。散文《哦，老木风箱》被多省市作为高考模拟试题阅读材料。

苦儿流浪记

张继承的老家在山西省左云县酸茨河乡张成窑村。他三岁那年母亲就去世了,他只知道她姓曹,娘家在山西省右玉县梁信屯,母亲的大名和小名一概不知,至于她因何而亡,就更不清楚了。

他们家是一间土挖的老古窑,据说张成窑就是据此命名的。旧时代他们老家有句话:"张成窑子太堡寨(离他们村很近的一个村),两家盖得个烂锅盖。"说明那一带的百姓生活很苦。他家祖孙三代都是讨吃的,爷爷、父亲和后来的他(爷爷和父亲是专职的)。爷爷有两个孩子,一个是张继承的父亲张永和,另一个是他姑姑(已死了三十来年,也不知道名字)。

张继承的妈过世时,大姐十三岁,二姐七岁,弟弟还在吃奶。家有三件事,先从紧处来。经过打问、联系,吃奶的弟弟被平鲁上梨园老财高举收养。高举要啥有啥,就是没有一儿半女,把他弟弟当作亲生的一般看待。不料"土改"时高举被打死,弟弟又被乱倒沟(现山阴县朝阳湾村)高三收留,高三也是地主,待这个孩子不错,可他老婆却嫌弃这孩子,让他当牛做马,却不给吃穿。紧接着二姐在山阴县一堵墙村做童养媳,在那里她经常挨打受气。有一回,二姐的大姑子抓住她的脚,将她头朝下塞进厕所粪尿中,提起放下,被隔壁大嫂看见了,说:"大妹子,快把她拉上来,少娘没亲的,葬良心哩!"后来,二姐的左肋又被大姑子捅了一剪刀,出血流脓,外面贴着些烂棉花、破布。大姑威胁她,不让她告诉公公婆婆和其他任何人,她便不敢作声。当然，这都是后话了，此后父亲背着他出了口外，孩子们结果是好是坏，他不能知道了。至于张继承，他还未能记事，还不懂得人间的悲欢离合是何种滋味。

安顿好两个小的，父亲领着大姐讨吃着来到平鲁县担子山交界村，把她许配给此村的木匠韩银喜。剩下张继承，是张家的最后一条根，父亲成天把他背在背上，一步也舍不得离开。

1939年，日寇入侵中国的第三年，他五岁，父亲背着他出口外。走之前，他们看望了大姐、二姐，没有去看弟弟，因为弟弟衣食无忧，再说老财人家忌讳这个，父亲也不想打破他们平静安宁的生活。

张继承有两个舅舅，大舅曹有福，二舅曹二福，还有人称二姥爷的曹二，因为会石匠手艺，人们也叫他曹石匠。兄弟三个人都是光棍，不知道哪年出了口外，给人当长工，这家做一个月，那家做一个月，称"包月子"。张继承父子上来，在四子王旗三义井打问见他们，遂和他们生活在一起。

他们是正月将尽快到二月时上来的，虽然是春寒料峭的季节，但微微暖风已然吹到后山，地快开了。

一下聚集了五口人，包月当长工养活不了这么多人，众人商量种一股地。正好安兔地主南广志出租土地，而且却是黑垆土，每亩产粮成担。他们和东家说想包地，但没种子、没牲口、没吃的，咋包？南广志说："你们好好做，要甚有甚！"并给他们提供了种种方便。

他们搬到东家的一间小房子住，种完地，有人雇他们拦场，就是从附近山上背下石头，在山下砌一个大牛圐圙。张永和一路背着儿子，忍饥受饿，还没缓过精神，背了十来天石头，苦重，吃的是干炒面，上了火，一天忽然躺倒，不能说话，七天头上就死了。

父亲死了的第二天早上，人们用黑芷棘（类似柳条）编了个篓子，将父亲的尸首装进去，放在大门外准备埋葬。阳婆还没出来，他推开门,从门缝上往外尿。一只狼像狗一样立起,悄悄溜到门口。他回过头来向人们喊:"看那条狗!"大人们喊:"退后,狼!"吃过饭,大人们抬着父亲出去埋葬,他在门前和院里玩,那只狼蹲在山上,整整望了他一天。

父亲死后的当年和第二年,正值好年限,舅舅和二姥爷粜了粮食,买了一匹马(带驹),还有七八头牛。大舅赶着牛回到口内卖了,从右玉县边家堡领回个女人,姓边,带着个女儿。

在他七岁、八岁的那两年,口外没收成,人们吃草,吃落李蛋子(灰菜籽)。大舅到华山榨油,二舅给南广志赶车,一年不回家。二姥爷饿病了,有一天早上,爷俩喝了几碗黑糊糊,二姥爷对他说:"你在哇,二姥爷不走就是个死!"

他望着二姥爷慢慢挪动着走了,到半后响没爬上村了对面的二里坡。二姥爷到黑乱滩王宽家养好病,去陆城行砍磨,丢下了他。十一月,天冷了,他只得回到妗子家。妗子毒打他、折磨他。有一回,妗子让他出去搂柴,搂好后,他背着很大一捆柴,后面拉着搂草笆子,出了汗。路上他把柴放在高处,缓了缓,冷风吹来,猛地打了个激灵。回去后浑身发痒,身上遍布白疱。有懂的人对他说:"这孩子,好好忌干锅!"这话被妗子听见了,中午,她专门炸油糕,让他在油锅跟前煽火,拿烧着的拨火棍捅他的脚面。

着了油烟后,他小便失禁,经常尿炕,妗子专门在他尿过的地方倒上水,对刚刚回家的大舅和二舅说:"看他尿炕尿了多少,这么个爬床货要他做甚!"

不久,他全身包括头皮先是脱屑,然后大面积变白,得了类似于白癜风的病。

他逃离了妗子家,跑到安兔山,父亲的坟就在那儿,安放在向阳的山坡上。坟前有条水沟,跟前有一座小小的石头山。再远处是一大一小两座山，小山顶上有一钵儿水。渴了，他跑上去喝水；饿了，到山沟寻找狼刨、害害、辣麻麻、野韭菜。吃饱了，就在父亲的坟前玩，有时候坐在坟头，累了就躺下来。醒来后就爬上那座小石头山，让滚烫的石头温暖他光光的屁股。

晚上，他下到河床，河岸被流水冲击，塌陷出一个槽型的避风处，他就爬进去，躺下来。小石头山下有一个茅庐坑，山上的雨水汇聚到一块大石板上，顺势落下，冲出一个直立的大坑。秋天时满山的树叶黄了，草枯了。茅庐坑四周的茅草像毛发一样披散下来，把坑口遮得严严实实。他顺着坑口爬下去，找些干草铺在身下，暖暖和和地睡着了。

晚上，什么地方狼嚎、狐子咬，什么地方猫头鹰叫，这些飞禽走兽会发出什么样的声音，他特别熟悉。春天的布谷声声，夏天的黄鼠吱叫，秋天的蚂蚱振翅，以及春起的露水是何时消散的，夏天的流星是怎样落下来的，秋天的月亮是如何升起的，至于在春风里奔跑呼喊，在夏雷中惊恐地瑟缩，在秋雨中浑身打战，尤其是初冬的夜晚有多么寒冷，他在父亲的坟前待了将近一年，没有什么不知道的。

深秋以后，天冷了，后山的风很大。他赤身露体，在野外再也不能待了。山南有个富贵村，只有一户人家，是一户地主的地庄，住着一些长工还有伙夫，离他父亲的坟很近。但是他一次也没有到过那里。那儿的人也知道山上有个野孩子，但从来没人过问他。

有一天，他冻得实在受不了了，就跑到南边的大山，看到一块大石头，石头上有个圆圆的孔。他就顺着这个孔往里爬，爬进去四五尺后，冷不防头朝下栽了进去，闻到一股腥臭味。他想退出来，但人是长的，洞是圆的，好歹出不来。费了很长时间，一点点往后倒，一点点往后退，憋出一身汗，好不容易出来，立起来，转过身，见一只狼蹲在离他一二尺远的地方，不解地望着他。彼此互相对视了一阵后，他转身走了，狼没追。

山北的那个村叫前安兔，住着地主安老喜，地不知有多少，单他的羊群就有三十多条跟羊狗。这些狗专门有两个小羊倌背着狗干粮在野外喂食，个个都凶猛异常。

他来到前安兔，想到安家住一晚上。他手中提了一根圪针棒，径直进了安老喜院门。这天，安家有两只跟羊狗没有出去，正在凉房睡觉。他进去后，有两个人正在炒莜麦，一个说："这是哪的个孩子，这么胆大！"

说话间，两条狗醒了，呼的一声扑了过来，他用圪针棒挡了一下，一条狗没有扑上来，但是另一条一口就咬住他的大腿，撕下一块肉。狗咬完人后走了，他躺在地上。安老喜老婆出来，吆喝人把他推出院子，关住大门。

他跑到半坡上，藏在一条沟里，腿上少了一块肉，血流了一腿，渗进土里。他想自己再不走，等跟羊狗一齐回来，非叫活吃了不可，血如果再流下去，非死了不可，必须找一个人帮自己包扎一下。想到这，他又返回安老喜家的大门口。大门口有一眼井，有一堵半圆形的井墙，他藏在墙后。过了一会儿，安老喜的一个长工出来担水，看见他伤势严重，便把他背起来，进了安老喜的院，用扁担打开狗，把他放在长工屋里，给他洗干净血迹，用盐水洗了伤口，拿一块布为他包扎了伤口。

第二天，安老喜的车倌到三义井给日本人送草，张继承藏在草里，被车拉到三义井。车倌叉草时发现了他，惊动了保甲团，保甲团头目让人把他捆住，抬到伙房，说："我看这家伙是个胡子！"伙夫三虎子在一旁看不下去了，说："你是个牲口，你看他连点穿的也没，要饭让狗咬成这样，你从哪看出他是胡子了？"

三虎子给他吃了饭，又找人给他要了点衣服。第二天他开始在三义井村乞讨，村人们都知道这外来的娃娃可怜，吃饭是不消说的了。

黑夜他钻进村里的大草垛，白天爬出来和孩子们玩。吃饭时，看见谁家冒烟就进去乞讨。

他十岁那年冬天，真冷。三义井有个瞎老白，老家是山西省繁峙县的，原是个很好的厨师。有一回害眼疼，做饭时着了干锅，从此就瞎了。老汉心好，他的家成了讨吃店。凡是过来过往的拐腿、瞎子，十冬腊月来到这他都要收留。这天，张继承来到瞎老白家，瞎老白知道他的情况后说："以后你就跟着我，你领着我，我让你到哪儿你就到哪儿！"

瞎老白要饭跟别人不同，他不论到哪个村只要一两家，专找老财人家，有时候能要一两斗白面，有时候是一块猪肉。他无儿无女，攒了能给谁，只要有些吃的就不肯出来。

十一岁那年，他和瞎老白到黑山五号乞讨，老汉病了，他把道观的禅房打扫出来，灶里生上火，安顿他住下。白天给他要上一碗糊糊，晚上给他烧水洗脚，十来天后老汉的病才好了。

凡是出远门讨吃，总是瞎老白背行李，他拉着老汉手中的棍子。要下的米面，瞎老白尽量不让他背，说："我老骨头了，压不坏，你还小，骨头嫩！"

有一回他和瞎老白走到一个村，遇到三义井的马三，马三要到乌兰花，他就对马三说："我有个二姥爷那年出去砍磨，不知道走得哪儿了，你给我打问打问，就说我想见他一面！"马三到了乌兰花，四处打问，还真找见了他二姥爷，于是和他二姥爷说起他这几年讨吃要饭的艰难境况，二姥爷听得直掉眼泪，扔下手里的活计和工具，动身到三义井找他。找见他后三个人生活在一起。

后来，二姥爷不久就过世了。为了有口饭吃，十五岁那年他当了兵。他走后，瞎老白享受军属待遇。1954年他当兵回来，落户到三义井西的西号村。瞎老白听到消息，拿着一根棍子边走边划拉来找他。

第二年他成了家，紧挨瞎老白的一间房又盖起一间，开着两个门，吃饭时把老汉叫过来。以后，瞎老白帮他们哄孩子，农忙季节给他们一家做饭。大集体时到了麦收时节，各家各户往野外送饭，瞎老白手拿竹棍，边走边戳，给他们夫妻把饭送到田头。

1959年，瞎老白死了，临死前对他们夫妻说："老讨吃子今天走呀，是笑上走的，我没儿没女，能死在你们家炕头我知足了，这也是我一辈子好心得的好报。咱们相处这么多年，你们两个心地都挺好，赶上这社会，往后的光景赖不了！"

瞎老白死后，张继承花了一百五十块钱给他买了副棺材，披麻戴孝为他送葬，年年七月十五去给他上坟。

赏 析

这篇文章着重叙述了孤儿张继承在口外的流浪生活和悲惨遭遇。

山西晋北土地贫瘠、寒冷干旱，十年九灾。为了填饱肚子，张继承家祖孙三代人都"讨吃"。为了填饱肚子，张继承的父亲把一男两女三个孩子或送或嫁或给人当童养媳，只带着张继承这条最后的"根"出口外去找饭吃。

他五岁那年的二月被父亲背着出口外，只不过没几个月父亲就死了。父亲死后他成了孤儿，在父亲的坟墓周围生活了将近大半年，直到天气寒冷之后才进村寻找吃的。

在野外生活的大半年是本文的重点。他住在什么地方，吃什么，遇到了什么。尤其是住在茅庐坑里，夜晚的情景，作者进行了详细的描绘，使我们对这位孤苦伶仃的孩童的悲惨生活有了切身的体会。

"晚上，什么地方狼嚎、狐子咬，什么地方猫头鹰叫，这些飞禽走兽会发出什么样的声音，他特别熟悉。春天的布谷声声，夏天的黄鼠吱叫，秋天的蚂蚱振翅，以及春起的露水是何时消散的，夏天的流星是怎样落下来的，秋天的月亮是如何升起的，至于在春风里奔跑呼喊，在夏雷中惊恐地瑟缩，在秋雨中浑身打战，尤其是初冬的夜晚有多么寒冷，他在父亲的坟前待了将近一年，没有什么不知道的。"

文章的重点是"苦儿之苦"，落脚点在"善良者的帮助"。天冷了，他不得不进村，被地主家的狗咬伤，是安老喜家的长工为他包扎；是伙夫三虎子在有人捏造他是"八路"时挺身而出，仗义执言，救了他；是三义井村的老讨吃子"瞎老白"收留了他。而他也将瞎老白当成亲人，在瞎老白百年之后为他披麻戴孝地送终。危难之际中华民族互相帮扶的精神，在《苦儿流浪记》中得到了很好的体现。

是这些善良的人们，在最寒冷的时刻温暖了流浪儿张继承，让他走出了人生的黑暗。

（石德生）

石德生，男，1951年生，山西省五寨县人，五寨县第一中学高级教师。现已退休。

患难夫妻

我第二次到武川县哈乐镇，已经是傍晚了，住到上次认下的哥哥宋玉明家里。经他介绍，二日（2013年4月25日）天明，径直来到张丑孩、吴月英夫妻家。张丑孩今年七十六岁，是右玉县宣阳寨村人；吴月英今年六十七岁，是平鲁区吴辛寨村人。

他们俩是在口外成的亲，此前谁也不认识谁。出口外的原因，一个是因为穷，一个是因为先前富过（"土改"逃生）。

丑孩的父亲叫张保娃，母亲叫张二女（右玉县李官屯人）。1945年鬼子投降那年，丑娃九岁，父亲一个人到口外后山叨工。六月出去，九月回来，天已经下雪了。父亲走了四个月，背回四十斤白面，出去时是赤脚，回来还是赤脚。

第二年全家出口外，因为上年父亲挣了三百五十斤麦子，寄在别人家，舍不得扔掉。连年灾荒，加上日本鬼子的烧杀抢掠，口内活不下去了，无论城镇或乡村，到处都是出口外的人流。

他们在呼市南部的大黑河滞留了一个半月，父亲给人锄田，母亲给人薅穈谷黍。随后他们到了武川县三合全村，住在魏玉栓家西房，父母给房东干活。

西房是魏家的马圈，有一铺顺山大炕，炕沿边竖着一根柱子。晚上，一家人和马住在一起；白天，才能把马拉出去，拴在院里。有一天晚上，马忽然惊了，挣断缰绳跑出屋子，一家人赶紧爬起来往外跑。人出来后，柱子倒了，房也塌了。

当天夜里一家人又住到魏玉栓家的草房里，草房很大。他们把草倒腾开，一边放草，一边住人，铺的盖的都是草。

没有铺盖，也缺衣服。张丑孩出口外时他大姨给了他一件山羊皮皮袄，上身是皮袄，下边是光屁股，赤脚板。

这年夏天，张保娃穿着皮裤给东家锄田，田在大路边。五黄六月，天太热了，他把皮裤脱掉，赤身裸体干活，这时，顺大路走过来一位妇女，他赶紧一溜烟藏到沟里。

母亲张二女虽然穿着衣服，但件件都是补丁摞补丁。冬天，一家人钻在草里，不脱衣服。给人干活管饭没工钱，即便这样还是今天要明天不要。

母亲出口外时就挺着大肚子，五月出来，腊月二十四生娃。这天她正在马圈灶上烧火，烧的是半干的湿牛粪和蒿子，孩子顺裤腿就掉到地上，身上沾满了草和牛粪。魏玉栓女人给了件破褂子，还给了一个骆驼褐子（八尺长、尺半宽的毡子）。晚上一家人盖着它，把妹妹围在中间。

妹妹大名张生，小名小闺女。生下后中风，是靠村里一位大娘扎针才保住命的。

张丑孩出口外第二年，就给小马莲渠村地主陈志汉和陈志仁弟兄俩放猪，第二年给全村放羊。冰天雪地他穿着长工们替下的鞋，而从前的他一直没有鞋穿。

新中国成立那年，家里买回一口大锅。分了二十亩地，没有畜力，给别家帮佣。1950年父亲粜了粮食，买回一匹蓝笨布做面子，一匹白笨布做里子，装进五斤新棉花，全家人第一次有了一张被子。

分到一间小房，没席子，炕上用灰菜擦绿。妹妹经常尿炕，屁股底下沾着泥。

1954年，二妹出生了，这年好年景，家里收获了六七担荞麦、三担麦子、四五麻袋山药。粜了荞麦，父亲扯回一丈华达呢，母亲给丑孩缝了条新裤子，给大妹妹（小闺女）缝了一件新棉袄。

1955年从哈乐买回笼屉。1956年，父亲找三道哈的歪嘴子做了只风箱。1955年盖起间半房，椽是桦木的，一根七毛钱，买了四十来根；檩条买了四根，每根十二块钱；又花四十块钱买了根桦木做门窗。木料从南山雇车拉回，木匠手工钱花了二十块。

1962年张丑孩和吴月英成亲前，家里没有水缸。后来丑孩去呼市买上，让顺路的拉炭车给捎回来。

吴月英家在后白沙泉，离张丑孩村小马莲渠只有不到两公里。他们的婚事是大队支书孟有金说合成的。女方要了件皮袄，男方给了三张羊皮；要了条皮裤，张丑孩正好有一条做起没穿，有些旧了；男方还给了女方家一百块钱。这年二月初二，由孟有金大兄可领着，他们到公社领了结婚证，交了三毛六分钱。

新人做了一条被子，扯了丈二花洋布，一尺四毛来钱，里子是蓝条绒布。长够尺寸，宽四尺，两个人盖有点小。直到生下三儿（送人收养，名叫谷永前），才卖了二十斤莜面，按一斤三毛六出售的，扯了斜纹红花布做面子，每尺四毛二，白洋布里子，每尺三毛八，又做了一条被子。棉花是吴月英经常揽着给别人做针线，尤其是光棍人家，他们的被子要换新棉花，不要了，她就拿回来留下自家做棉被用。

张丑孩向本村王天明借了一件甘蓝衫子（穿旧了的），裤子是丑孩妈去世时没舍得让她穿走的黑华达呢棉裤，重新拆洗了。但无论怎么洗，屁股后头那一片血渍永远洗不掉。

吴月英向本村的赵二女借了一件粉色褂子；和吴德龙女人借了一条红底绿花裤子，实际上只是棉裤的面子，人家拆洗后没缝上，她自己装了点旧棉花，缝上里子；鞋是向朱凤仙借的，黑色重复呢布料做的鞋面，一边固定着铁扣，一边缝上布带，穿上后挽住，俗称"挽带带鞋"。又向王改青（男的）借了一顶狐皮帽，戴了十来天，让人家一把从头上抢走了；还和媒人孟有金的老婆谢桂香借了一对银镯子，她简直爱不释手，但半年后也不得不还了。

新婚房就在父亲盖起的这间半房，顺山大炕，长一丈零五，连窗台一丈一。一条炕睡六个人：他们在后炕，中间是三个妹妹。大妹妹已经十七岁了，这年腊月初八就要聘了；二妹妹十三岁；三妹妹才六岁。父亲睡在炕头。

母亲张二女死于1960年。1958年"大跃进"，母亲来了例假，赤肚皮没腰子（主腰子，旧时代北方的一种内衣，无袖，有单棉之分）不能出去干活。大队主任乔四闯进来，一把从炕上把她拉到地上，此后她就流血不止。把流下的血放进锹头，再把自己的头发烧了和进去，再加进些白土，在火上炕熟吃，据说能止血。母亲在炕上躺了两年，到后来流出来的是血坨子，炕上到处是血，其间她只吃过四五颗"定坤丹"，直至把身上的血流完，死了。

夜晚，六岁的小妹妹挨着嫂子睡，睡着后小脚蹬过来了，小手伸过来了，紧紧握住嫂子的奶头，吴月英一把把她搂过来，眼泪止不住流了下来。

这年腊月初八，张丑孩的大妹妹出嫁了，第二年七月二十五日，吴月英生下大闺女张尚花，以后嫁一个，生一个，这条炕上从来就没少于六个人。

张丑孩母亲死后，四十块钱买了只杨木柜，木料一寸来厚，拆开做成棺材，厚度成了五分。埋下去当年，坟就塌陷了。

1973年父亲死后，只扯了两丈白洋布，大妹二妹来吊孝了，只给了尺二包头布，三妹妹没聘，给做了件孝裤。张丑孩把自己的棉袄拆了，用里子做了件孝衫，吴月英把男人的旧白衬衣穿上。张丑孩的大妹妹向哥嫂要孝衣，否则不让出殡，从此后哥哥妹妹不再交往。

前年,大妹二妹三妹相跟着来了,大妹进门抱住哥嫂就哭,说:"我那时候不懂得你们没钱!"

三妹妹说:"是嫂子搂着我长大的,嫂子就是我的妈!"

赏析

本文写了右玉人张保娃、张丑孩两代人在口外的贫苦生活。父亲张保娃1946年因山西老家连年灾荒实在活不下去,带着妻儿到口外给人打工。没衣穿,没房住,新中国成立后才有了第一床被子和一间小屋。张丑孩和妻子吴月英结婚时穿的衣裤是借别人的,婚房是全家人睡觉的顺山大炕的后炕,三个妹妹睡当炕,父亲睡炕头。张丑孩的大妹妹因为父亲张保娃去世时哥哥没钱给头孝衣,几十年不和哥嫂来往。

张保娃一家初出口外时住的是马圈;锄田时脱掉皮袄皮裤,赤身裸体,看到女人们过来便跳进沟里;他的儿子张丑孩出口外的第二年,有位长工给了他一双穿替下的鞋,使他第一次有了鞋子;新中国成立那年家里买了一口大锅,全家有了一条被子;1954年母亲给张丑孩缝了一条裤子,给大妹妹做了一件棉袄。

"1955年从哈乐买回笼屉。1956年,父亲找三道哈的歪嘴子做了只风箱。1955年盖起间半房,椽是桦木的,一根七毛钱,买了四十来根;檩条买了四根,每根十二块钱;又花四十块钱买了根桦木做门窗。木料从南山雇车拉回,木匠手工钱花了二十块。"

"1962年张丑孩和吴月英成亲前,家里没有水缸。后来丑孩去呼市买上,让顺路的拉炭车给捎回来。"

文章重点写了张丑孩与吴月英结婚,彩礼是三张羊皮,被子是怎么来的,衣服是怎么借的。婚房是父亲盖的半间房,椽檩是怎么来的,花了多少钱，手工费是多少？这半间房原来住五个人，现在加上新媳妇是六个人，怎样安排的？以后他们夫妻每生一个孩子，便有一位妹妹出嫁，使这六个人的炕永远满员。

后来，张丑孩的母亲死了，丑孩六岁的小妹妹挨着嫂子睡，"睡着后小脚蹬过来了，小手伸过来了，紧紧握住嫂子的奶头，吴月英一把把她搂过来，眼泪止不住流了下来。"

《患难夫妻》是写给旧社会走口外贫苦百姓的一首歌，这首歌很苦很辛酸。作者写的一双鞋、一条裤子、一件棉袄、一口水缸、一条椽、一根檩，详细到极点。为何这么详细，因为点点滴滴都是百姓生活的路，桩桩件件都满含着人民生活的泪。这里没有华美的词藻、艺术的描绘，但字字句句都是生活的实录，字字句句都是作家对人民艰难过往的真心抚摸。文学就应该如此！

（赵东方　石德生）

十股地走口外的两家人

十股地是内蒙古武川县哈乐镇的一个自然村，在哈乐镇西南。哈乐镇南有条哈拉沁沟，是呼市通往乌拉花、集宁的交通要道，也叫东路。西路经呼市西北坝口子、蜈蚣坝到武川，也叫呼武公路。旧时代出口外的人凡到武川东、四子王旗，都走东路。东路北出口左右的村庄，有很多右玉人。

十股地有个郝贵（小名根柱），今年八十九了。郝贵1925年出生于此，但他的父亲郝八十，母亲唐老女，以及姐姐郝桃花，大哥郝套住、二哥郝云、三哥郝华（小名四老旦）却是从山西省右玉县马官屯村来的。

出口外那年，郝桃花十二岁，郝套住八岁，郝云三岁，郝华还在襁褓中，全家只背来一只破风箱。

出口外人讲"拉拽"，凡落脚之地必有亲朋好友，同族同村或是邻邦乡村的熟人故交。郝贵一家落脚此地，是因为这儿有他们同村的两户人家。

其中一户姓高，父亲叫高天喜，郝贵姐姐一上来，就许配给他的儿子高有钱。高家早于他家在此安家落户，有三间土房子。订婚之后，高家给了他们点钱，他们向别人买了处院子，一间半房。

日本鬼子占领河套以东地区后，在十股地村南修建公路，鬼子的汽车经常打这里过，土匪不时在这一带抢粮、抢钱，祸害百姓。那时，这一带的土匪有"棒槌队",还有苟自成的匪帮,据说有一团人马,人称"狗团"。

他们经常在这一带抢劫、奸淫,杀人放火,无恶不作。

为避乱世,村人于省心在荒山野地挖了个窝子居住,被"狗团"的眼线银裸子发现。银裸子不知从哪里抢了个女人,把他赶走,住进他的窝子。银裸子欺负附近村庄的百姓,经常问人们要粮、要钱。

厂汉脑包村有个崔富元,外号"崔副官",也是"狗团"的眼线。有一天,他领着几个人转悠,看到一个从口内来的货郎,便对手下人说:"把他勒死!"货郎被勒死后,"崔副官"挑起他的货郎担子,摇着拨浪鼓,在三村五里吆喝、戏耍。玩够了,把担子扔给别人。

厂汉脑包有个张泰,他的女人漂亮,"崔副官"看上了。有一天,他对张泰说:"张泰,今天你给我腾房,黑夜我去!"张泰有钱,未等到天黑他就领着女人逃到归化城。

有一天,日本鬼子下属的警察队在安窝子将银裸子抓住,用铁丝穿住他的锁骨,拉到武川枪毙了,他的六十匹牛马被一起拉走。"崔副官"由于太胆大,太无所顾忌,也被"狗团"清理门户给枪毙了。

郝套住二十五岁那年秋天,他赶着一头毛驴到乌梁素,到那儿找他本家姐夫赵海鱼要粮,赵家曾经借过他家粮食。和他同行的还有高福宝,也是右玉县马官屯人,跟他父亲高有和上来没几年,刚成家,还没孩子。他去是问赵海鱼要钱。他们走到白土窑时,这村驻扎着"狗团",有一个土匪化装成拾粪的,将他们抓住押进村。

那天,马官屯人张四从归化城经哈拉沁沟到十股地村去,刚刚走到大洼村,遇到高炳银。高炳银也是马官屯村的,和他父亲高四旦一起上来,住在大洼。他们打小一起长大,二人很要好,在口外意外相逢,都有说不完的话。高炳银便领着张四到十股地,看看怎么帮他在口外住扎下来。

他们走到白土窑，也被"狗团"抓住了。"狗团"说他们四个是坏人，要杀他们。白土窑的乡亲们跪下一大片，说这四个人他们都认识，都是右玉马官屯村的，在这儿住了多少年；张四是新来，固在口内没法活，想来这儿投奔乡亲，谋个活路。

土匪哪儿听他们的话呢，挥舞鬼头刀，咔嚓咔嚓剁下四颗头。

郝贵二爷爷郝红旺住在白土窑，偷偷上来对郝八十打手势，把二拇指圈回来，勾了勾，然后举起右手往下一砍。郝八十急得大声问："你快说，究竟咋啦？"郝红旺这才说："套住叫杀了！"

人死了得装棺材。郝八十有个姑舅哥哥任人，是右玉县梁家店村人。他和郝贵的三爹郝三孩赶驴往后山驮棺材，一副棺材有四扇，驮上来钉住，一副卖十来块钱。

郝家去了四个人，抬着棺材盖，偷偷将郝套住的尸体放在上面抬回来，没进村，直接埋在西梁。套住的脖子只连着一点皮，他们在路上紧紧护住，生怕滚下去。

郝套住死后，母亲唐老女好几年挂着锹在村前村后转，口里喊着郝套住的小名："套子，套子！"她什么时候想出村就出村，有时到套子坟头，趴在那儿一天不起来。

那时，郝套住已娶妻生子，媳妇叫个翠女，儿子刚满一岁，长大后起名郝宝成。套子死了几年，翠女要改嫁，唐老女不让。她怕媳妇领走孙子，孙子一走肯定就成了别人家的。咋办呢？唐老女决定，让二儿郝云把老婆卖了，和嫂子、侄子重新组成一家。郝云媳妇叫改生，长得漂亮，二人成家不到一年，夫妻感情很好。

二嫂被卖至那图村，夫家姓邓。邓家来接人那天，郝贵跟在后面将她送出很远很远，分手时，三嫂对他说："回去吧，以后常来看看嫂子！"

郝贵说："嫂子，我妈不是人！"嫂子说："妈是人，世道不是人！"

马官屯出口外的人一天被杀了四个。其中张四三十八岁，郝贵说，我不知道他那边成家没有；高炳银留下老婆和一儿一女；高福宝刚成家，还没孩子。

我和郝贵说完话，又进来一个老汉，叫高全保，今年七十五岁。

高全保之母刘喜生，娘家不知何处，头婚所嫁不知何人，他是母亲头婚生的。母亲在马官屯又生下一胎，扔在树林，被该村郝来钱捡到。这事情母亲知道，她晚上还偷偷到郝家喂孩子。这孩子今年已经七十一岁，名叫郝德宝。农业社时期，他来十股地看过母亲。

高全保四岁那年，也就是弟弟被扔的那年，同村人高元准备娶他母亲。但是他表示母亲现在肚里的孩子（指被扔的弟弟）他不要。让把孩子生下扔了，高元又说，你这个孩子（指高全保）我也不要。刘喜生百般祈求，高元就是不允。她考虑了一夜，第二天一早，她抱着四岁的高全保跳了井。那天，正好郝来钱担水，连忙呼喊村人："快来人，有人跳井了！"大家七手八脚将刘喜生救了上来。

经村人说合，高元娶过刘喜生。但他不回家，后来一个人出了口外，学了毛毛匠，做皮裤皮袄。

高全保五岁那年，母亲领着他出口外，寻找继父高元。高元那时已经在十股地买下郑老栓的房子，见到高全保母子便收留了他们。他手艺不错，但吃喝嫖赌全干，打老婆是常事，打继子更是不在话下。有一回，刘喜生病了，高元便扯回几丈白布，动手做孝衣，刘喜生奋力争夺，才没被剪破。他们母子经常挨打，家里仅有的一点粮食都被高元拿去赌博，母亲绝望了。有一天，她趁家中没人，在屋梁拴了根绳子上吊，然而他们家紧挨着大路，刘喜生上吊时，恰好王二伟路过，听得屋里呜呜有声，赶忙闯进去，将她救下。后来，母亲还喝过洋烟，但所幸命大，都活过来了。

农业社时，高全保给队里放羊，攒了一千五百块钱，娶后白旗村的田秀梅为妻。现在他的大女儿高林凤已经四十四岁，嫁到呼市；二女儿高林芝四十一岁，也嫁到呼市；儿子高虎威四十一岁，在哈乐镇开了一家小卖铺。

高全保说："我一直不知道生父姓甚。继父病了我一直给他看。他死了，我披麻戴孝打发他。"

说起母亲，高全保哭了，他说："我妈一辈子没过过一天好日子！"

本文讲述了十股地两家人走口外的故事，连带叙说了另外三家。他们都将生命的鲜血喷洒在求生存的路上。我相信，这样的故事还很多——因为，百姓的生活之路从来都是由鲜血铺成的。

赏 析

文章题目是"十股地走口外的两家人"，而又"连带叙说了另外三家"，他们"都将生命的鲜血喷洒在求生存的路上"。这不是博人眼球的血腥故事，这样的故事在旧中国的百年血泪史上具有一定的普遍性——"百姓的生活之路从来都是由鲜血铺成的"。

横加在穷苦百姓头上的，有日寇入侵的抢钱抢粮抢劳力，肆意无忌的屠杀；有暗弱政府沉重的苛赋，花样百出，名目繁多；有地主老财赤裸裸的盘剥，竭力榨取劳众本已微薄的血汗；有土匪绺子的抢粮抢钱，狂暴戮灭人命；有水灾、旱灾、风灾、蝗灾种种天灾的肆虐；有禁锢着劳苦大众几千年的迷信礼法观念……凡此种种，让穷苦百姓怎么活？

千辛万苦运到口外准备卖几个钱的棺材，却成了刚刚到了口外的两个年轻人自己的棺材！郝贵嫂子说"妈是人，世道不是人"，可谓一语中的。

勿忘千疮百孔旧社会的惨苦岁月，便是对我们今天新时代美好生活的由衷珍惜。

（李文军）

> 李文军，男，毕业于山西师范大学中文系，大同市二中高中语文教师，中教一级，知名教师。做过多场次关于高考、名家名作公益专题讲座。其中《路遥：深重的灾难与熠耀的崇高》《谁与苏子共携手 一蓑烟雨任平生》《走进波澜壮阔的人生世界》等讲座被国家图书馆征集发布。

二百年风雨"崔铁炉"记

一

呼和浩特市旧城南大街，有三个"崔铁炉"门店。它是呼市二百多年的老字号，当地人尽皆知。"崔铁炉"即崔铁匠烘炉，由道光年大同独树村人崔林创办，至今已历七代。它不仅有专门的制造工厂，而且有销售店面，产销一条龙。

道光末年，山西遭年限（旱灾），家住大同独树村的崔九富带着九岁的儿子崔林讨吃要饭来到归化。他们打着莲花落，拄着打狗棍，背着讨饭袋，在新旧城流浪。崔九富有三子，老大崔恒，老二崔德，老三崔林。父子俩在这里讨吃叫街数月，崔九富不放心家里的其他两个孩子，回去了。丢下九岁的崔林，白天要饭，夜晚躺在店铺的墙角、屋檐下。

冬天，数九后特别寒冷，他忍不住走进归化城南大街的"曲铁炉"烤火，晚上就睡在"曲铁炉"的铺檐下，如此数日，"曲铁炉"的老掌柜有一回看见一个破衣烂衫的孩子躺在北风呼啸、大雪纷飞的屋檐下，老大不忍，便吩咐两个孩子曲老大和曲老二将他扶进铁匠炉，让他睡在这里。后来，崔林到外头乞讨吃饱后，就跑回"崔铁炉"。他开始只是看，后来就学着给人递水、拉风箱，铁匠打铁时，他不避火星，近前痴痴呆呆地看。曲掌柜看在眼里，有一天，他问崔林，愿不愿意跟他学徒，崔林就"扑通"一声跪下，膝盖被废铁扎得鲜血直流，曲老大和曲老二赶忙将他扶起来……

　　崔林跟着师傅学了多年，学满期后，他给师傅养老送终，然后自己在昭庙前开铁匠炉。先摆摊，露天打铁，后买下铺面，在小昭二道巷买下一处宅子，有正房七间、西房五间、东房三间、南房五间，院子一亩二分大。这处住宅是乾隆五十二年（1787）所建，2006年拆迁改造时，从屋梁的"梁记"上发现的。

　　崔林三十岁成家，先娶张氏，后娶狄氏。张氏早亡，狄氏生有五男二女。五男依次为：崔贵发、崔贵潘、崔贵福、崔贵有、崔贵斌。前四个学了铁匠，老五读书。

　　崔林扎住阵脚后，大哥崔恒、二哥崔德来投奔他。但他们不学好，以赌博为业，人称"刮野鬼"，没成过家，绝户了。

　　买房之后，崔林又在近郊碱滩村置下七亩水地，种菜、种麦子。儿子们成家后，生活在同一个院落，弟兄们轮流当家，崔林死后六年，他们才分家另过。

　　崔家弟兄几个各有专长。老大崔贵发搞民族用品，如蒙古刀，不仅有独特的钢、火、水技术，还要刀鞘好，上面镶嵌珊瑚、玛瑙、松石、宝石。此外，他还生产其他铁制品，比如马镫配马鞍一整套，马鞍上要钉、镶鞍花、烧绳眼、配鞍条。还要打狼夹子，牧民们要防狼吃羊，草原上狼多，此外还给蒙古族妇女做头饰。

　　老二崔贵潘走后营，卖铁器，收羊毛、皮张，把铁器拉出去，把羊毛、羊皮运回来。因为常跟蒙古人打交道，蒙语特好。

　　老大崔贵发有两子，大的崔继舜，二的崔继禹。其中崔继舜在他们这一辈中技术最好，当然付出的辛苦也最多。崔继禹就是崔锐之父，但崔锐的技术是跟伯伯崔继舜学的。那么，崔继舜是跟谁学得呢？是跟他父亲的徒弟王根柱。

　　有一年，山西大旱，从大同来了讨吃要饭的父子俩，孩子也是九岁,他就是王根柱。夜晚父子俩睡在"崔铁炉"屋檐下,被崔林看见。崔林一问,得知他们是大同人,再一问,二人的村离他们还村不远。再一看他们的装扮,一身破衣烂衫,手拿莲花落的竹板,拄着打狗棍,背着讨饭袋,与自己当年和父亲流落归化的情景一模一样。此情此景,不由得使他一洒同情之泪,便收留了他们。

接下来,这孩子也是一有机会就待在铁匠炉,只要一看见烧得通红的铁放上砧子,大锤虎虎生风,火星四溅时,他就在旁边跃跃欲试。崔掌柜和徒弟们做其他活儿时,要使用某件工具,这孩子就会准确地递到手里。崔掌柜便收他为徒,成年之后给他娶过媳妇,与自己的五个儿子一般看待。

王根柱个子矮小,虽不识字,但特别聪明,特别辛苦。他的技术好于崔家其他子弟,崔掌柜便让崔继舜、崔继禹跟他学。王根柱自娘胎出来就身体不好,在"崔铁炉"玩着命干,以报答师傅的栽培养育之恩,1964年因积劳成疾,六十多岁就去世了。他的儿子王来栓小时在院里骑驴玩,摔断腿,没有得到及时有效的治疗,导致患骨关节炎,瘸了腿,1959年在内蒙古一所医院治愈。为谋生他学会了修鞋,而且手艺精湛。

打铁,一要手快,快才多出活,活做得少了养活不了家小。二要质量好,三要技术全,什么活儿都能干。不仅要会打所有铁器,还要会打铜器。不仅要给汉人打炊具、刀具、犁耧、耙齿、锹、锄、草刀、草铲、草镰,还要给各种手艺人制作工具。比如说菜园子农具与农村用具有很大不同,撒耙、刮耙、韭菜镰刀、鹤锄、栽铲都不是在别处普遍使用的工具,使用量不是很大,但专业性很强,做好很难。

对蒙古人来说,马鞍是讲究实用的物品,除了好用,还要漂亮。蒙古人用的火层、火镰也有很多讲究。特别是火层,有十几个档次,小的就像小火锅,大的能煮一只羊,而且火层兼具做饭、熬奶、烧茶等功用，它的组件很多，还要镂空，要想做出花样，得掌握精工技术。

　　崔林在世时，市场上经常流通大锭银子。拿着大银子遇到小花费时，兑不开，怎么办？找崔铁匠把元宝烧红拉长，够一尺是多少银子、想花几分银子，一剪，分量一毫不差。拉出的银条不仅匀称，而且准确，这需要点能耐。

　　崔家的手艺首先来自生活压力，家里辈辈穷，孩子多，没别的出路，只能继承家业，刻苦钻研，没条件攻书识字。二百多年来，仅有崔义和的二儿崔燕彪考上大学，在润宇开发公司搞设计，现已工作了六七年。今年，崔锐的孙子崔哲将参加高考，目前就读于呼市一中，学习成绩很好，崔锐对他寄托的希望特别大。

二

　　手艺人看重手艺人，他们地位相当，经历都苦，所以容易结亲。崔锐的爷爷崔亮三十六岁死于霍乱，崔锐的奶奶那时三十三岁。崔继禹与寡母跟三祖爷生活在一起，三祖爷一家挤对他们，奶奶不得不改嫁厂汉脑包。奶奶很漂亮，那边给了三百大洋。三祖爷和四祖爷用这钱维修了各自的房子，剩下的给了崔继禹。奶奶改嫁时带着六岁的叔叔崔继舜，还有两岁的姑姑，双方约定等孩子们长到十二岁就离开。

　　崔继禹十三岁跟王根柱学手艺，一直到十八岁。十八岁后他在席力图召门前开铁匠炉，把弟弟崔继舜接回来，又雇了一个打锤的。打铁炉的炉火熊熊，锤声响亮、生意红火，场面热闹三个年轻人露天打铁，吸引了很多人观看。这天，老铁匠"尚铁"路过此地，他祖籍山西代县，他家好几辈在此谋生。他姓尚，在牛桥有一处世代相传的铁匠炉，专给各种手艺人做工具。凡各类手艺人的工具他都能做，是这里最好的师傅。木匠、石匠、车匠、毛毛匠、皮匠、钉锅匠，凡各门手艺的工具，他无所不能。尚铁匠因为名气大，人们只叫他"尚铁"，真名反倒被淡忘了。

这天，"尚铁"路过三个"娃娃"的露天铁匠炉，看见年岁最大的那个指挥其他两个打铁，他们的手法沉稳有力，打铁时钢、火、水各环节的技术十分到位，再一看这小后生长得挺拔匀称，筋骨强健，并且慈眉善目，心中连连赞叹。他上前打问后生是谁，当得知是崔林之后，并且知道崔林有房，心中暗喜。第二天，他派手下白喜成前去说媒。"尚铁"有一闺女，名尚玉莲，时年十七八岁，玉莲九岁就失去母亲。"尚铁"对她格外疼爱，发誓将来要给她找个称心女婿。媒人白喜成找到崔贵福说媒，崔贵福一听，说："好，'尚铁'的女儿，我愿意。"

崔继禹成家后，生下一女。母亲改嫁的男人死了，母亲便带着改嫁后生的女儿徐凤莲重新回到崔继禹家住，一家人再度团聚。崔继禹帮助弟弟崔继舜娶了媳妇，把小昭前的老房子安排给他们住。这尚玉莲打小失去母亲，没人疼，没人爱，进了这个大家庭，婆婆帮她做衣服、带孩子，让她感受到家庭的温暖，她也常常买些食品，先给婆婆送去，一家人相处格外和睦。

"崔铁炉"的铁匠们在旧时代都不识字，但他们经过几辈人的艰苦努力，诚实敬业，创造了奇迹。

1958年"大跃进"，崔继舜是呼和浩特市的技术革新能手。他做出了夹把锤、弹簧锤、皮带锤、小捣锤。夹把锤是大型锻造工具；弹簧锤是万能锻造工具，代替了手工锻造；小捣锤解决了冷锻造问题；皮带锤解决了中小型机械锻造。

1961年，他所在的工厂下马，他被下放到巧报公社大厂库伦村。在农村，他仍然能打蒙古刀，他打的割肉刀许多蒙古人用到磨损剩下一窄溜，还舍不得丢掉。为什么呢？因为一般刀割肉要插入锁子骨一拗，不是断，就是钝。蒙古人啃骨头，要刮，还要用刀背敲棒骨，吸骨髓，刀子质量上不去不行。

人说，世上三大苦差事：背窑、打铁、磨豆腐。

人家六月天坐在树下摇扇子，铁匠六月抱炉子。

打铁，冬天不能穿得多，穿多了，笨手笨脚。铁匠经常是前头数伏天，后头数九天。大冷的冬天，后背冷飕飕，脚底生寒气，手上裂口子。裂开的口子被剧烈的锤震击出血，就要糊裂子膏。在灯上把裂子膏烧得像一滴一滴的蜡油，滴在裂口上，紧紧按住，往死疼。隔几天，打铁时手上的口子又裂开，流出血。因此，铁匠的手都有大大小小的疤，并且小拇指比正常人的大拇指都粗。

日寇占领归化后，当地出了四个大汉奸，人称"四大金刚"，其中一个叫段贤贵，住在"崔铁炉"旁边小巷杨恩义院内，崔贵福老婆经常到这个院和杨恩义老婆及几个女人玩纸牌。崔贵福有个二女儿，生得如花似玉，当时正是十七八的青春年华。二女儿每到饭熟时，就到杨家喊母亲回去吃饭。

段贤贵时任归化警狱长，他穿日军军服、挎洋刀、戴墨镜。他家窗户上安着明晃晃的大玻璃，有一回，二女儿走进院中，从窗户上望见段家那古色古香的陈设，禁不住好奇，就蹦蹦跳跳地跑过去，趴在窗户上朝里望。那天，恰好段贤贵在家，他头朝里躺着，从穿衣镜上看到窗户外面的姑娘，不禁被她的容貌惊呆了。他赶忙坐起来，二女儿看到屋里有人，急忙跑了。

段贤贵向杨恩义老婆打问这姑娘是谁家的，当得知她是崔贵福的二女儿，便派人去说媒，崔家自然不允。段贤贵就打发人带上重礼，上门说情，崔贵福坚决不答应。之后，段贤贵天天到"崔铁炉"，要么请掌柜的抽烟，有一搭没一搭地套近乎，要么就是找毛病。崔贵福无奈关了门，过几天开门时，段贤贵又来了。

这年发生了一件事,"德河炉"的掌柜乔佩,小名九汉。他的铁匠炉用道钉打大铁镰。道钉是别人当废铁卖给他的,他没注意。因而被定罪名破坏日军铁道,乔佩被抓,日军拷问是何人所为,他说不出,日军便要杀他。乔佩买通了回民特务白玉(日本留学生),花费不少,经他说情,齐佩被释放了,在家养了一年伤,最终为此伤身受惊,六十一岁就下世了。

段贤贵天天纠缠,日日找麻烦,又发生了乔佩这样的事,崔贵福怕了,只得答应了婚事。但他提出一个要求,即段贤贵必须把发妻休了,崔家的女儿不当二老婆,否则不嫁。崔家以为这一条肯定把段贤贵难住了,谁知他一口答应,很快便将前妻打发回家,将崔家二女儿娶过来。

那时的归化大街上,经常有卖辣辣红(心里美萝卜)的穷孩子。有一天,段贤贵从一个穷孩子手里夺走辣辣红,孩子追着要钱。段便夺过他手中的刀,将他的破皮袄割得粉碎,又将他的后背划出很多血道,孩子哭着跑了。

日本鬼子投降后,段贤贵躲到老家,谁知这孩子竟跑到傅作义部队当兵,成了连长。日本人一走,他便带着队伍抓住了段贤贵,将他大卸八块。而那时二姑娘已经生下一个男孩,小名森森,刚满一岁。段贤贵一死,二姑娘连惊带吓,不久也去世了。

三

1952年组织合作化,1955年合作化进入高潮,政府号召私营业主加入社会主义集体化劳动,不能单干。崔锐的伯伯崔继舜入了社,但父亲崔继禹没入,原因是他有七个儿,尽管已把六儿过继给崔继舜,家里还是有六个男丁,加上崔锐的姐姐崔树梅、妹妹崔亚云、奶奶连老女，共十一口人。这么多人入社，孩子们还小，不能参加劳动，仅靠一个人养活不了，因此父亲拒绝入社。工作组来做他的工作，千说万说，他就是不答应。逼得紧了，他就和工作组的人员大吵大闹。1957年正月，按照旧时习俗，年节期间家里人玩玩麻将，赌点钱，这事被工作组抓住了辫子。他们以聚众赌博、走资本主义道路等罪行，将崔继禹判刑一年，关押在哈拉沁的内蒙古监狱，并罚款五百元。他们不得不将小昭前的一处院子中的一间半西房、一间东房，卖了三百元，加上家中存款二百，一并交了罚款。

那天，在小昭前召开公处大会，崔继禹和铁业社主任田贵（犯挪用公款罪），还有龙景杰（锅炉维修工，据说买贼赃），三人一起被逮捕，并被宣读了判决书。父亲被宣判后带入看守所，那年崔锐十四岁，看着父亲和田贵铐在一起被押走，他从西盛街一直跟到"隆祥号"糕点铺，父亲脸色灰白，被押上囚车拉走了。他追着跑了一段，直到追不上了，才掩面痛哭起来。

父亲蹲监狱的一年里，每月都有探视日。每逢这天，崔锐都要去看望父亲。1958年夏季的一天，他和姐姐又去看望父亲，他发现父亲老了，头发白了很多，崔锐禁不住把头扭到一边，眼泪扑簌簌掉下来。

如今，崔锐的儿子崔燕春继承了他的事业，娶了个朝鲜族妻子名叫徐宗华，夫妻俩致力于"崔铁炉"的发展壮大，"崔铁炉"至此已历六代，但再往后，没人学这个了。

现在崔锐、崔义和各有一个小作坊，各有三个徒弟。

二百多年的"崔铁炉"坚守的是货真价实、诚实守信。他们做营生从不哄人，做买卖从不售假。有毛病的成品从不面世，而是当废铁卖掉。崔继禹经常和孩子们说："营生是给自己做，没做好不要摆出来卖。铁匠一辈子受罪，但不要受气。你做坏了，人家指责你，数落你。人家敬重咱们，是敬重咱们的手艺、辛苦。

很多年来，呼市大昭前面馆总是宾客如云，一天要消费十几扇肉，后厨的一般刀具应付不了，他们一直使用"崔铁炉"的刀。有一年，崔锐给地毯厂做地毯电剪，他革新出特殊锋钢，用铜配焊药。做出的电剪，片花、钩花十分好使、耐用。买来的剪刀剪不了一平方尺，他的能剪十平方米。地毯厂因此和他订货，他为地毯厂做了几万把。

崔锐在内蒙古外贸工艺厂当临时工时，月薪九十元。工艺厂有四个六七十岁的老艺人：王荣（山西省偏关县人），孟明（内蒙古包头市人），孙银昌（河北省人），冀连运（河北省人）。冀连运、孙银昌是呼市老字号"永玉成"的师傅，王荣、孟明是"宝华楼"的师傅，他们在金银首饰方面的技术特别好。崔锐跟烧卖馆和饭店熟，因为他们经常买崔锐的刀。那时吃烧卖要排队，崔锐头一天把预订烧卖牌子买好，第二天一早用自行车带上王荣师傅吃烧卖。到了饭店先给王荣师傅沏茶，上"干货"，接着端烧卖。这种时候，你想问啥师傅告诉你啥。他还常带孟明师傅吃过油肉回勺面，吃完，再带他洗澡，亲自给他搓背，然后孟师傅把很多平时不外传的技术传授给他。

崔锐还向许多蒙古族艺人学习民族手工艺。1975年，他认识了内蒙古博物馆馆长文浩，这是位雕塑艺术家，创作了很多表现民族团结的雕塑。1980年崔锐又认识了内蒙古展览馆的白银那，他收集了很多民族传统器具。崔锐向他们学习了很多理论知识，还有民族工艺的传统加工方法。

崔锐的妻子赵月英在呼市工商银行工作，曾任处级干部，她祖籍山西省代县。崔锐曾经在内蒙古军区司令部营坊科工作，负责部队营房维修工作。1966年上级要给他转正，工资是48.5元，他嫌少，要求提至62.5元，但未实现，最终未转正。

时至今日，他仍是一名手艺匠人，做高档复杂的各种民族工艺。

每日里斧凿声声，炉火熊熊，顾客盈门。

二百多年的"崔铁炉"见证了移民史、蒙汉人民共同发展史、祖国的苦难史，记录了中华民族的勤劳质朴的精神。它是民族的熔炉，冶炼出不朽的民族精魂。

赏析

"崔铁炉"二百年来的发展变迁史，是一部微缩了的走西口移民史，是汉蒙各族人民共同发展的融合史，是祖国的苦难涅槃史。它记录了中华民族的顽强精神，它是民族的大熔炉，熔冶淬炼出不朽的民族精魂。

本文写了崔家数代人的生活和命运，更主要的是用精细的笔触描写了铁匠铺这个行业的方方面面。如学艺的艰苦、技术的掌握，尤其是对立足蒙古大草原核心的铁匠，他们制作的产品必须适合这个民族的生产、生活以及审美习惯。同时，他们也得为城郊一带的菜农打制得心应手的各类工具。二百年间，以崔家的发展为核心和主线，人物触及底层劳众、姻亲邻里，行业跨界、汉蒙融合，勾勒出一幅生动的众生画卷。

无论时代如何变换，"崔铁炉"坚守了自己的职业与操守，代代相传，不改初心。这也是中华民族的工匠精神，中华文化的不朽精魂。

文章语言丰润流畅而又不失质朴、沧桑，给阅读本身增添了腾挪跌宕和震撼启迪的厚重感。

文到静深处，悟自心头来。这是散文深度阅读所能催生出的极大愉悦感。

（李文军）

乡土印记

第四辑

乡土记忆

旧时代朔县许多村庄有龙王庙，沿河村庄有河神庙，有的村还有伯雨庙，伯雨就是雨伯，即掌管降雨之神。龙王庙保佑风调雨顺，河神庙祈祷河道安澜。晋北十年九旱，祈雨是旧时乡村的普遍现象。

碗　窑

　　碗窑在吴家窑南一里许，以大峪河道为界，分东西两村。

　　此村，捏碗这一行当存在久矣。村民王振，今年六十七岁，他的父亲王贵义、爷爷王典、祖父王之仕都是捏碗的。家族再以上，说不清了。

　　说是捏碗，实际不止于碗。还捏送饭罐、马龙子、便壶（夜壶）。马龙子分大马龙、中马龙、小马龙，大容量的能盛放十八九斤，中号能放十来斤，小的能放一斤，一般装咸盐和调料。还有油坛，四斤大的做的比较多，叫"四斤坛"，也做十来斤的，谁用给谁捏，定做。小玩意儿有"斤钵子""半斤钵"和"四两钵"，用来放调料。此外，还有"盔子"，就是盆，有和面盆、洗脸盆和尿盆子。另外，有个别用户拿来样品让照做，不批量生产。

　　手工碗的制作原料用的是本地产的矸石，有软硬之分。软矸在青石山，硬矸即煤层中间的薄岩层，也叫"夹层"或"夹心矸子"。五指山上的矸子最好，称"筋矸"。无论软矸硬矸，皆可做碗。其实只是一个笼统的称呼，所谓捏碗，除碗和钵碗外，还包括盘子、碟子和瓯子。

　　制作工序是先采矿取矸石，后碾泥。其碾子跟碾粮食的碾子不同，它类似于碾盘，直径1.8米，中间有孔，边沿稍薄而光滑。碾盘为槽型，圆的，碾子在两匹骡子的拉动下，在碾槽运转，与药碾的工作原理相同。

磨矸子需要加水，磨好后，流入泥池。泥池长80厘米，宽70厘米，深80厘米。夏天碾，冬天停。碾好的泥先在池里沉淀，然后捞出来，在太阳下晒干。做碗时，再用水"闷"软。

场房一般三间，有三人一组捏的，也有两人一组捏的，单独一个人不能做。通常是在地上捏好，再放到炕上。场房温度高，属高温作业。师傅们不住地流汗，时间长了，脸上无半点血色。

捏出各种器物，旋出底墩，接着上釉。好釉土在黄河沿上保德州的范家屯，得从石头缝里往出掏。本地上白釉的原料叫"碱药"，是煤矸石下面的一层硬土。一个师傅一天能捏多少？碗五六百个，送饭罐三百来个，马龙子七八十个，夜壶二百来个。

夜壶是撒尿用的东西，摆不上桌面，但是得经过"两道手"。先捏成中空的圆柱形，粘上提手，然后开孔，磨圆。

无论捏什么，挣的都比上烧釉子的人多。新中国成立之初，碗窑有二十来座。烧一窑需四五天，得二十多吨炭。旧社会靠烧窑富起来开办字号的有三家，王姓的"王盛永"，李姓的"福元珍"，周姓的"周善堂"。大的厂窑有王生瑞窑、张岐窑、顾存英窑。

有字号的生产和销售一条龙，没字号的做出来放在有字号的铺里销售。有字号的铺子里都有柜房，买货的人在此住下。南来北往的骆驼队、长帮骡子、花轱辘车络绎不绝，把碗窑的器具运到晋北各县，包括内蒙古和关南。

碗窑手工捏碗的历史早已结束。新中国成立之初吴家窑建起了陶瓷厂，取代了这种原始、笨拙的民间工艺。现在的市面上，到处是精致美观的瓷器，没多少人会知道碗窑村的碗和我们这儿的百姓曾经血脉相连。

谁家的祖坟里，没有一只碗窑的"半斤"或"四两"钵呢？

赏析

《碗窑》一文详细记述了旧时代碗窑村人手工捏制碗、盆、罐等陶瓷用品的历史,再现了当时此种传统手工艺的风貌,也反映了该村村民的生活面貌。

这是一篇以说明为主的散文,材料翔实,叙说细致具体,用词用语准确贴切,语言平实自然。内容上层层递进,清晰明了。

开始点出碗窑的位置之后,点明村民数代以捏碗为业。接着对碗窑村手工制作陶瓷品的种类、工序、字号、规模、销售及繁荣景象依次进行了详尽记述。特别是在记述制作工序时,从取矸石到磨矸子,再到矸泥入池沉淀,再到捞出晒干,再到捏碗时用水闷软,再捏碗、上釉、烧制,每一道工序都做了非常细致的描述。结尾隐隐流露出对这种手工艺术成为历史的叹息之情。

文章从三个方面记叙了"捏碗"的程序,一、上釉子的釉土,"得从石头缝里往出掏",并且"好釉土在黄河沿上保德州的范家屯",路很远。二、烧制时,"场房温度高,属高温作业。师傅们不住地流汗,时间长了,脸上无半点血色"。三、劳动强度有多大?"一个师傅一天能捏多少?碗五六百个,送饭罐三百来个,马龙子七八十个,夜壶二百来个"。作者并没有用任何语言明显地告诉人们,一只碗从原料到上釉乃至于烧制出来有多复杂,需要付出多少艰辛的劳动。但字里行间已经有了,这种看似平实的叙述,饱含着对从事捏碗的劳动者的几多深情。这叫弦外有音,好的文章字面以外往往有着很大的空间。

结尾,"谁家的祖坟里,没有一只碗窑的'半斤'或'四两'钵呢?"这是一个反诘句,过去家家户户的亲人逝去后,都要在坟里放一只"遗饭钵",里面装着食物。碗窑的瓷器影响之大,年代之久,可见一斑。

（李成斌　刘懿德）

　　李成斌,男,生于1954年,山西省朔州市朔城区人,大专文化,退休教师。中华诗词学会会员,山西诗词学会会员。北岳文艺出版社出版其诗集《红星永恋黄土坡》,创作了多首歌词并获奖。

　　刘懿德,男,评论家,山西省朔州市朔城区人,毕业于雁北师范学院（今大同大学）中文系,中小学一级教师。诗人、辞赋家,作品发表于《朔风》《马邑文学》《朔州日报》《大同大学学报》等。

石庄村红瓦器

怀仁石庄在大峪河下游，河流冲刷山地及其边沿的冲积扇，形成厚达三四米的沙壤底粘草甸土。这种土精细筋道，四周的村没有，千百年来人们用它做瓦器，祖祖辈辈"吃泥饭"。老年间，雁门关南北，桑干河、滹沱河流域，大青山左右，哪个地方没用过石庄的瓦器呢？

石庄村清初从小白村迁来，旧村在正西二里的大峪河道北侧，遗址有断壁残垣、坟首狐丘。传说，不知哪一年，小白村出了一个"墓活鬼"吃人。村人连夜搬迁，姓周的到了周家窑，姓赵的到了赵麻寨，还有的到了下石寨、薛家庄（现新家园村），多数人搬到了现今的石庄村。

1958年在南小寨修建怀仁机场，为防止大峪河冲毁机场，于大峪口建起水闸，修建了南干渠和北干渠用于分流河水。南干渠经铺上、刘晏庄、孟庄、第三作，又修支渠到田庄、干沟、胡寨。这条渠在实行生产责任制后受到破坏，人们在此取土、耕种、办厂，致使今年夏天的洪水冲上了三级路。北干渠曾经灌溉尚希庄、路庄、石庄、安大庄、赵马寨、赵麻寨、清河的土地，现路庄以下已经断流。1973年石庄人在小白村南侧建起一座库容一百二十万立方米，年有效灌溉面积八百亩的水库，现在一滴水也没有，库区长满了玉米。

2010年10月8日黄昏，我顺着河道从小白村走到石庄，看到干涸的河道把此村一分为二，称南村北村。村人说新中国成立前村里有一千二百人，现在是四千左右，南村占总人口的三分之一，北村占总人口的三分之二。

石庄土质精细筋道，旱天坚硬如石，故名。东到南大庄三里，西到赵麻寨五里，南至南阜村八里，北至下湿庄四里皆为本村土地，地面宽阔。传说由周、蒋、柴、党四姓立村，现仅存周姓。目前村中有宋、贾、杨、池、王五大姓，用村人的话说是"一宋二贾三杨十王"。宋姓人口最多，源出一祖，其余二贾、三杨、十王，各姓皆非同宗。旧时代，因石庄出瓦器，是养穷人的地方，外地人来此落户的很多。

新中国成立前，石庄有十一座瓦窑，分别是：大南窑、二南窑、三南窑、小道子窑、牛羊群路窑（罗大开）、德胜窑（杨德胜开）、葫芦窑（杨新开，小名三葫芦）、皮裤裆窑（周二栓开，外号皮裤裆）、东后城路窑（杨福开）、西后城路窑（杨章开）、二马窑（池新开，小名二马）。

做瓦器，先要在场房捏好。一个场房五个人，大师傅捏，二师傅烧，三师傅揉泥，四师傅踩泥，还有一个帮着大师傅蹬轮子的。轮子是木制的，直径一米多。场房挣钱分四股，大、二、三、四师傅挣的一样，蹬轮的、搽盆的挣师傅们的三分之一。搽盆就是给捏出来的坯子上釉子，从尚南头村的崖头掏土，拿回晒干，然后倒上热水化开，用羊皮搽在坯子上，这样烧出来了的瓦器就变成红的。

瓦器都有何品种呢？斗盆、七升盆、五升盆、三升盆、大坯、二号子、送饭罐。送饭罐有大虎头罐，一罐饭够十个受苦人吃，还有二人罐和一人罐。此外还有盔子，能放粮食，也能和面；磨盒，放进粮食、米面，不仅耗子吃不上，而且还防潮、不变味；还有保温的扣碗，盛菜的㧟盆；还有茅罐，不用来舀大粪、清理厕所；还有烟洞楼，安在烟囱上，灶火就旺。

池生泉、罗大红的瓦器捏得好，贾世云的豆芽缸做得巧妙。

旧社会还烧大青瓦、蓝砖，农业社时烧大平瓦、花盆，近二十年烧栈砖，但是近七八年了已经不做瓦器了。

瓦器做出来后要烧制，瓦窑是方的，高宽各两米五，烧一窑得二十吨炭，需两天两夜，大小货出三千来件，过去烧窑一窑能卖白洋两三块。

瓦器烧出来后到了售卖环节，全村百分之七十的人以及周边村的人都来做瓦器买卖，车拉的、独轮车推的、背的，走向四面八方。推独轮车的一天走三四十里，每天早晨吃一顿饭，中途饿了咬几口糕饼。一遭走五六天，不好卖时得走十二三天，村人杨辅推车到口外卖瓦器，一趟走了七十天。那年月年景不好，天下大乱，百姓饥寒交迫，流离失所，瓦盆难卖。杨辅走到商都，身上的钱被土匪抢得精光。他一边讨吃，一边呼喊着卖盆。这一日，他来到一个村，碰见一个应县人，这人出了口外后，他的女人被土匪抢走了，他又抢了别人的女人，从此就当了土匪。杨辅正好走到他家门口，这人听到杨辅口音，知道是老乡来了，就把他拉进家里，好吃好喝款待了几天，并叫村里人把杨辅的瓦器全部买下，这是悲中有喜之一例。

1930年，村民朱八斤、赵官正一行六人走西口卖瓦器，被杀虎口的税卡拦住了，叫他们打税。他们说，这瓦盆自古不打税。税卡上的五六个人上来就要解盆当车，赵官正会两下武术，抽出棍子打倒几个。正在这时从右卫城过来一支马队，赵官正见事不好，赶忙躺在地下，咬破嘴唇。税卡的人向马队的头头告状说："这老家伙不交税，上来就打倒我们的人。"朱八斤他们说："老总你看，我们这么大岁数的老汉叫他们打得口鼻出血，要是死在这儿，您可得给我们做主啊！"马队的头头说："你们六七个人打一个老汉做啥，快快扶起，让医生看看！"结果当然没事，税卡上的人还给他们每人吃了两碗面，放他们出口，这是有惊无险之一例。

新中国成立之初，有吴生相与杨德军推独轮车到应县卖瓦盆，虽没卖着钱，却换了些粮食。那时禁止粮食买卖，白天有人在路口拦截，他们趁天黑从西朱庄过桑干河。当时正是春天流凌时节，他们推着车走在冰面上，忽听四周咔咔作响，脚下的冰在河面上缓缓游走，两人赶紧扔下车退了出来。他们跑到村里找了些人帮忙，后来车是捞上来了，粮食却早已被滔滔的桑干河席卷而去。那时的桑干河水深浪急，人掉下去肯定就没命了。这是绝处逢生之一例。

"四清"运动时禁止村民卖盆，1968年的一天，有贾丙功、宋生珍一伙人偷着坐火车到朔县用瓦盆换鸡和鸡蛋。那天夜里，他们哼着小调返回村头，被早已埋伏在那里的民兵截住了。他们不想让辛苦换来的鸡和蛋落入民兵之手，于是趁着夜色四散逃亡，民兵们鸣枪示警，大喊："谁跑打死谁！"有人吓得拉了一裤裆，鸡和蛋被民兵们拿回去吃了。这是乐极生悲之一例。

此外还有，村民杨七女（男性）拉着贾庄的瓦盆到应县换粮，被村里的积极分子抓住，捆绑吊打，致使其精神失常，数年以后死去。这是人间惨剧之一例。

离开石庄的时候，我回过头来，向它深深地一拜。因为我母亲出生后就是在瓦盆里洗浴的，它曾是无数生命的摇篮！

赏析

此文讲述石庄红瓦器的历史，表现了旧时代老百姓为谋生而劳作的艰辛和奔波，表达了作者对他们艰难生活的同情和对他们祖祖辈辈劳动的敬重。

文章由三部分组成，一、石庄村的地理位置、自然环境与居民成分；二、石庄村的瓦窑数量、名称、烧制瓦器的原料、瓦器的种类、颜色及制作流程；三、瓦器与石庄村人的命运。

　　文章开始点明处在河流下游的石庄的地貌土质，其得天独厚，有着四周村庄没有的河流冲刷沉淀下来的草甸土，此土精细筋道，正好做瓦器。所谓"靠山吃山，靠水吃水"，因此村里祖祖辈辈"吃泥饭"。

　　接着写因为石庄出瓦器，所以成了养穷人的地方。也因此有不少外来迁户来谋生，村里开瓦窑的姓氏杂，瓦窑数量多，规模大。

　　这样，文章在前面几段从大处介绍石庄，就为下文做好了铺垫。

　　之后文章用不少文字写瓦器的制作、分工、烧制、品种，一方面展示石庄瓦器的历史文化，更是要通过写瓦器制作工序之繁杂，来表现村民劳动之艰辛，生计之艰难。

　　该文笔墨的重心在第三部分，讲述了卖瓦器的五个故事。每个故事都生动传神，极富戏剧色彩。五个故事不论结局是悲还是喜，都是为了表现当时石庄人谋生之艰辛，他们为了养家糊口，走南闯北，艰苦跋涉，铤而走险，读后使人无限心酸。而作者正是通过这五个故事告诉人们：百姓生活的不易，他们的生活是付出了无数的艰辛和汗水换来的！

　　文章结尾以抒情的笔调叙述离开石庄时回头深深鞠躬的情形，这不仅是对瓦盆的感激和赞美，更是对石庄瓦器人劳动的肯定和赞美，对那些曾经制作瓦器服务于世人的普通百姓的缅怀！

（刘懿德　李成斌）

神磨三村的油梁

神磨三村指的是朔城区神头村、司马泊村、新磨村，三村位居神婆山下，山下拥有大泉组几十个，小泉组不计其数。其中著名的大泉组有：神头泉、金龙泉、皇道泉、漂泉、恢泉、笑泉、泥泉、五花泉、七星泉等。泉源肆大，激流奔涌，向为桑干河主源。以神头泉为例，老年间有三个出水口，每个口约两扇磨宽，丈许；出水猛，成年人走进出水口，会被湍急的水流一下子打倒。

据当地民间传说，明朝时候的监察御史、甘肃巡抚霍锳，为本地霍家庄（现新磨村）人，因大忤魏忠贤意，被矫旨削职。霍锳被削职回乡后，他把水磨的制造和安装技术带回了家乡。实际上，朔城区水磨的使用远比这早。

水磨在晋代就已经发明了。水磨的动力部分是一个卧式水轮，在轮的主轴上安装磨的上扇，流水冲动水轮带动下扇转动。它是水力发电动力原理的原始形式。

水磨落户朔州，解放了人力畜力。明清时期的神头地区是通往内蒙古、河北、关南的枢纽，是水路旱路的码头，水磨的普及和使用，使这里的榨油、酿酒、商行、铺面呈现出历史上从未有过的繁荣景象。周边内蒙古、河北的一些县份，以及忻州西八县，繁峙、代县，本土的应县、山阴、平鲁的人们，源源不断地驮来油籽。本地驮队将胡麻油运往关南，返程时将那里的棉麻、布匹、日用品、土特产品运回来，运送油籽的驮队再把这些商品驮运到各地，这样就疏通了南北市场，促进了物资交流，繁荣了人民的经济文化生活。使丰沛的水资源，派上了大用场。

从车轮到水轮技术的发展进步是技术史、也是人类文明史进步的标志。

新中国成立前，神磨三村有水磨二十五座，加工的大多是胡麻、黄芥，有榨油大梁一百五十条，日产胡麻油一万两千斤。

油梁是由整棵榆树、松树做成的，长十二米，大头须两人才可合抱。一座油坊一般是掏空房五间，使用两根油梁。平行摆放，大头相反，中间空开工作场地。油梁的大头是榨（压）油的关键部位——出力点。它的两边，从地面到房梁，竖着两根较为粗大的柱子，俗称"将军柱"，柱子上边垛着多层圆木，圆木上，屋顶外，又砌着石头垛，俗称"泰山"，使油梁在上部具有稳定的压力。油梁下置油底，状如磨盘，盘底錾着环形的槽路，压出的油从油嘴流到地下埋着的缸里。油底上放六个铁圈，每个铁圈里先放好青草编成的辫子，然后放进磨好的油饹，摊平，把青草辫子撩回来，一撩两三根，撩一层拿木棒打一层，包得严严实实。此后就是吊油梁，在油梁的约三分之二处安装着卷轴，用寸半粗的麻绳把油梁吊起来，让油梁压紧铁圈，然后再在大头的方向吊上两块"千斤石"，也叫"大二圪蛋"，一块重四百来斤，另一块重三百来斤。吊起小头，重压大头还不够，在大头上端的将军柱上，还要往进钉很多楔子，使油梁形成更大的挤压力。

一条油梁用三个工人，分别称大师傅、二师傅、三师傅。每次榨油经过四道工序，第一回叫软饹，以后依次叫二遍、三遍、四遍。榨一回往出顶一个铁圈，再续一个，梁底下总不少于六个。榨一次油要顶出四个，每次总共是十个。

今年八十四岁的李世杰说，打他记事起，神头村就有七盘水磨，七十二条油梁，后来减少到四十二条。山根底，就是现在的大树下有

第四辑 乡土记忆 / 149

盘水磨，坝沿畔有座小磨坊，南边有座水磨，大王庙跟前有上磨坊、下磨坊，都是双磨坊。夏天没油料可磨了，就磨榆树、果木、椿树，干吗呢？做香。神头村杜家、谷家开着四五间香坊。

一盘磨一天一夜磨二十四担胡麻，一担一百二十多斤。一条油梁每五天榨十二担，一天榨五百斤，老秤每斤十六两。磨出来后，由二三师傅用柳条筐担进油坊，放进木制的笼屉里上锅蒸。蒸好后堆在地下，包好后起榨。

李美的爷爷李兰当年是看磨的，磨有啥看头？看油料里有无柴杂棍草；看磨转不转，水轮上的"水瓦板"经常被水打掉、破损或沤烂，就得换。村中水性好的少年从水轮边上一头扎进去，从泥里往出捞"木瓦板"。头一回下去摸住，二回搬起来，三回才能捞上来。上来之后把它卖给木匠，没啥毛病的能卖三毛，缺棱角的能卖一毛。

李美的父亲李梓叶十八岁当榨油大师傅，一个月挣三块白洋，二师傅是二块，三师傅是块半。除挣钱外，大师傅每月还给三斗米，二、三师傅以此类推。

十月十日，给"油神爷"过生日，掌柜的就给磨倌、油师傅和打杂落忙的吃一顿好饭。有时候磨倌和油师傅们想撮一顿，就和掌柜的说，"扎黎"坏了，得换。"扎黎"就是水轮底下的铁尖，顶着上面的锥底，如果它磨秃了，磨的转速就上不去。这种活儿，人站在水中，三把两下就换过来了，不管是真秃了还是假秃了，反正跳上水来就大喊一声："吃饭！"

旧时代运输困难，缺乏买卖市场，人们收获的胡麻在神磨三村能变成钱。民国二十年（1931）一担粮食卖八毛钱，一担胡麻能粜二块来钱。同浦铁路建成后，特别是日寇入侵中国以来，粮食最贵，1941年一担高粱卖到二十多块白洋。粮价基本平稳之后，一担胡麻也涨到十三块钱。日本人没来前，一块白洋能买六十斤莜面，五十斤白面。

1942年一百斤胡麻油在当地卖十三块，到关南能卖十五块，鬼子投降后，物价飞涨，一百斤胡麻油涨到八十块钱。

水磨的使用推动了油料的生产和加工，带动了其他行业的发展。旧时代仅神头村就有七十多家养驴骡的，把油驮运到崞县、太原、寿阳、平定州、阳泉，从那儿驮回生铁、火圈、火盖、铁锅、犁铧和其他日用品。一个人最少赶四个驴骡，最多的赶七个。一个毛驴能驮一百二十来斤，一匹骡子能驮二百来斤。

驮油运油离不开油篓。油篓的内层是纸浆做的，外边是柳条编的。普通的油篓放六十斤，车运的油篓称"车篓"，长一丈，高七八尺，宽六尺，有一间小房那么大。

俗话说："冷缸房，热油坊。"油坊烧炭量大，就有李润生、李广生、李惠生、贾升、贾祥开着五家炭店。炭不仅油坊用，缸房也用。每天有三百多驴骡往神头驮炭，一垛平均一百五十斤。炭多，油坊缸房用不了，附近的县份纷纷来此驮炭，形成了一个规模较大的炭市场。炭牙子有贾根小、贾贵、贾文元、常生。

李明昆、李辅、李德三开缸房，三家常年烧酒。大部分在门上销，也往浑源、平鲁销。每年春起，平鲁的庄稼人种莜麦，种子里都要拌酒。

人来人往需要住店，就有李树全的天盛店，李天生的大盛店、李裕的双盛店。这是大店，小店不论。

粮店有北店李朝海、南店李旭、李耀明的庆城店、李仙的广泰店。

面铺有阎四等三四家。

肉铺有胡金福、贾高、索里等三四家。

杂货铺有袁化山（高平人）、薛楷、贺茂田、李秀恒开的，还有李芝开的锦茂源，李辅开的双盛泉，李洲开的广德昌，还有崞县人开的三四家。

那时的神头买卖兴隆，百业兴旺，驮来人往。远路来的驴骡驮队，一来几十个，哩哩啦啦一二里长。卖胡麻的先住店，由店掌柜查看胡麻成色，然后和油坊掌柜商谈价格。最忙乎的是胡麻牙子，好牙子能认得你的胡麻是从啥茬子上长出来的。用手一摸，知道胡麻"肚"里油多油少。懂得好黄芥的颗粒，上面得有个麻点。有人把胡麻枳子倒上开水，拌进胡麻籽里，不细看看不出来。收胡麻时都是用斗量，这种办法，自然就增大了颗粒的体积。凡此种种，经验丰富的牙子一眼就能识别得出来。

　　买卖胡麻时，牙子麻利地装满一斗，用刮板一刮，高喊："一斗！"然后取一撮胡麻计数，等过完斗，不论多少，这计数的胡麻就归了牙子。有的高手一摇斗，胡麻的嘴嘴就全部竖起来，比平常能多抹几斗，这是照顾卖家；如果装斗时用猛力，装好后还要在上面按几按，这就是得了买家的好处。一松一紧，只要数量大，就有吃不尽的好处。

　　那时候的神头，资金实力最雄厚的是"永茂源"。有一年，"永茂源"的驴骡驮队往寿阳一家油店送了一年油，年终店里派人去寿阳结账。寿阳油店的掌柜笑着说："这也不算个啥老财吧，一年头上就来要账，是不是本不够了？"要账的伙计也好，啥话没说，掉头就走。回来后他把情况禀告了老掌柜李济堂，李掌柜也是笑笑，说："那就等他个三年五载！"

　　到第三年，寿阳的掌柜坐不住了，亲自带着钱上来结账，进门就说："啊呀，好一个李掌柜，油底厚实成个这，肚量也大成个这，我真服了你了！"李掌柜的说："你的为人我也问了，交人要交君子，我不怕你不给，我有十条油梁，供你个三年五载扛得住！"

　　神磨三村油梁之多，不是实地走访我不相信。新磨村的赵维仁是原大队的老会计，他拿出一本该村1947年"土改"时期的账，上面记载着本村的四十九条油梁：

　　南背阴六条，是马邑尹梅的；河坡有两条；正柜院有李丕梅四条；

三义院有赵东元四条；小南院有李官五条；西柜院有乔天四条；缸房院有四条；还有李丕兴、王金、丁润和、李仁、郭选各四条。

这么多的水磨和油梁遍布神头山下，那激流轰鸣冲击水轮带着大磨呼呼旋转的景象；那磨坊在河上昼夜不停地隆隆作响；那一丝不挂的汉子抬起大梁吊起"千斤石"的力与美；那像小鼓似的重锤飞舞着钉进一根根楔子；那金黄色的胡油在蒸锅的热浪和汗水的迸溅中汩汩地流淌；那胡麻牙子、炭牙子此起彼伏的吆喝声；那长长的驴骡驮队在夕阳下叮叮咚咚地走进村口；那大姑娘小媳妇挨挨挤挤，买布的，买香的，喝杂割的；那三朋六友，师傅伙计，买卖双方，在炕头上灯火下，吃吃喝喝，吹牛爆粗，猜拳行令，喝高了的难受出丑，没喝高的拍手起哄，氛围热闹非凡。

每年六月二十三，七十二村到神头三大王庙领牲，庙南的戏台上就要唱戏。南来北往的、财大气粗的、风流倜傥的、巧笑倩兮的、美目盼兮的，男女老幼，生旦净丑，纷纷登场。

有道是，神磨三村三件宝：蓑皮垒墙墙不倒，客人进院狗不咬，大女有肚娘不恼。

繁盛之地，涌泉之乡，有多少爱的故事呢？

那时的神头村南是一片水海，长满了蒲草、寸草和浮萍。夏天满河湾的青蛙直叫，聒噪得人们难以入睡。

每年"八九雁来"之时，成群的雁落满河滩。当地有民谣说：雁是南边鸟，年年来北方，秋风起，天气凉，成群结队回故乡。

赏析

本文环环相扣，紧凑自然，内容层层推进，一气呵成。先写水，接着写水磨和油梁，随后油料的生产加工带动了其他行业的发展。油要销售，于是驴骡养殖户增多。运油离不开油篓，于是写到油篓。油坊烧炭量大，便出现炭店。贸易往来人多需住店，于是出现供客人住宿的各种大店小店。自然也就有了配套的粮店、面店、肉铺、杂货铺。文章结构上的这一特点，使行文流畅，有条不紊。

一、作者进行了实地考察，掌握了丰富的第一手资料。如果没有深入走访，寻找当年的亲历者，便无法完成这篇文章。

二、作者热爱这片土地和人民，叙述描写饱含激情。无论是神婆山下的"泉源肆大，激流奔涌"，或者是出水口"出水猛，成年人走进水口，会被湍急的水流一下子打倒"，均动感强烈，带着喜爱。写远来的驴骡驮队，"一来几十个，哩哩啦啦一二里长"。写寿阳的掌柜的和神头永茂源的掌柜的李济堂二人的对话，使人十分感慨神头买卖人的诚信与豁达。无论是对山、水、人的描绘，还是对胡麻牙子收胡麻的描写，以及劳动场景、庙会热闹情景的描绘，无不有声有色、激情飞扬。流不尽的泉水，榨不完的胡麻，忙碌不过的生活，听不绝的蛙鸣。凡此种种，无不笔端含情，令人动容。作者的这种激情，自然会点燃读者情感的火把。

三、作者运用历史民谣，勾勒出一幅幅风俗民情画，使人感到美不胜收。如："神磨三村三件宝：蓑皮垒墙墙不倒，客人进院狗不咬，大女有肚娘不恼。"湿地宽广，故有草坯；人多业兴，狗不理会；大女有肚娘不恼，是思想开放，挣脱了封建礼教的束缚。

文章运用了多种修辞手法，比如倒数第六自然段，用一组排比句，极富气势，画面感很强，再现了当年那繁华景象。

最后一段："每年'八九雁来'之时，成群的雁落满河滩。当地有民谣说：雁是南边鸟，年年来北方，秋风起，天气凉，成群结队回故乡。"

便有了说不尽的美好，散发着浓郁的乡土气息。

（李成斌）

鹅毛口旧事

怀仁鹅毛口村北，是鹅毛口河，沿河而上，在大约两公里的河左岸，有几个相连的小山包，山头上广布新石器时代的遗迹，说明在万年前，怀仁就有先民聚居。

鹅毛口村背靠石人山，发源于左云老龙王山的鹅毛口河穿村而过，把村一分为二。南岸为南街，北岸为北街。南北街也称南北堡，北堡也叫西平堡，秦城村西有东平堡，与之相对，现村已废。南堡也叫常乐寺，因堡内曾有一座常乐寺，为王姓家庙，颇具规模。民间传说，先有常乐寺，后有东平堡。中街紧贴南岸，三四百年前是河道，后淤积成土梁，最早的鹅毛口指的就是这儿，这里如今是鹅毛口的主街。

鹅毛口村有杨、王、张、孟四大姓。杨姓明永乐初从代县鹿蹄涧来，先在村西十里的虎龙沟穴居，后搬到村东五里的黑里寨。王姓是辽时来，和张姓一同居住在村西二里的张瓦沟。孟姓是明初大移民来，祖籍山东。张瓦沟是鹅毛口村的前身，有辽、金、元时期的烧陶遗址，张姓最早在此执掌制陶制瓦手艺，故名张瓦沟。

张瓦沟在王秃子山下，向阳和暖，沟里有煤，沟外有河，河边和山上均有平地，不仅能种植，而且便于制陶。现遗址上仍存陶窑、石磨和灰渣。

鹅毛口村由南街、北街、中街三村组成，杨姓住在中街，孟姓住在北街，南街由杂姓组成。民国时期有句顺口溜说："中街人掌权，北街人有钱，南街人穿双烂板鞋。"

啥意思呢？是说杨姓祖祖辈辈有读书人，能掌权；孟姓则是淤泥膏地多，有钱；南街都是外来迁户，薄田旱地，难以糊口，生活主要靠下窑背炭，穷得连双新鞋也买不起。

在南街与中街的结合部曾建起一阁，上下两层，上层为土木结构，下层为三孔石碹的门洞。两旁是楼梯和人行道，中间是车马大道，"四清"时已毁坏。阁是没了，但留下个说法："鹅毛口人不出阁。"其意有二：一是村人在阁东不盖房；二是此地人为人处事"不出阁"。

旧社会，鹅毛口的穷人大多以背炭为生。今年六十岁的王佃忠，他的高祖王启荣、曾祖王应、爷爷王凤仪、父亲王德都是背炭人。

旧时代的张瓦沟煤窑是个黑窟窿，凿有六十个"马蹬梯"，只能放半只脚，一个台阶六七寸高，上下仅能错开两人。

背炭人一回能背二百多斤（老秤），背的时候要先得站起来，站有"软站"和"硬站"之分。"软站"就是自个往起爬，"硬站"就是自己使劲往后靠，后面的人往前推，两股力一顶就站起来了。

无论是用篓子背还是用绳子背，绳扣都要挽成活结，遇到紧急情况能抽开，把炭卸掉。爬梯的时候，手要攥成半个拳头，如果伸开，掉下来的炭就会截断手指。

背炭人穿着破烂不堪的"窑衣"，羞都遮不住，绳子深深地勒进肉里，一天能出一瓢汗，吃的是糠和高粱面窝头就腌萝卜。

冬天出了窑门，把炭背到煤堆，刚才还是大汗淋漓的身子，瞬间就结了一层冰。因为背的分量太重，经常有人脱肛。

王佃忠小时候，有一回到窑门口等他爹，只听得哼哧哼哧的声音由远而近，背炭人一个个从窑门出来，汗不打一处流，黑得像狗熊，根本就认不出谁是他爹。

背炭，最怕的是"抛炭"，就是前边的人绷断或者是拉开绳子。有一回，王佃忠的爷爷王凤仪听到如雷之声劈面而来，他急忙把一条腿跪在台阶上，另一条腿死死蹬住下一级，斜转身子，把头埋下来。只听一声巨响，他背上的炭顶住了"抛炭"。出了窑门，他看到腿上绑的五尺长的带子节节绷断，腿肚子一个劲儿冒血。

王佃忠的高祖王启荣二十九岁时死在窑底；爷爷王凤仪劳累过度，患了食道癌，四十六岁时亡故；而他的父亲王德在张瓦沟煤窑一直背了五十年炭，背上隆起一尺多长的肉瘤，那肉瘤硬硬的，1997年他九十四岁去世后，儿女们摸了摸，那厚厚的硬茧才变得软和起来。

穷人成家不易。旧时代中街的施二、南街的石文迁订婚后没钱娶亲，就集合了亲族友好一帮身强力壮的人去抢亲。施二去秦城村抢，石文迁去悟道村抢。这石文迁上无片瓦，下无寸土，靠背炭为生。他人丑，还秃舌，只是人高马大，不惜苦力。抢来的老婆却十分的美貌，她这样形容自己丑男人的长相："前头就像避雨的窑窑，后头就像挖灰的勺勺！"

被抢来的俊媳妇哭了七天七夜，始与石文迁同房，后生有一子。过了五六年，这石文迁劳累而死，女人改嫁。

石文迁之母武大女家里虽穷，她人却善良慈悲。1960年是饿死人的年代，村中阎五四要将一儿一女卖到外地，武大女出面拦住，把他们收留回家。等饥荒过后，又把这俩孩子还给阎五四。谁知这阎五四好吃懒做，又把孩子们卖到了西山。

历史上的鹅毛口村是个重视文化教育的村子，杨姓曾出过七位举人，孟姓有三位。民国时，有孟存江者，为村中老财，娶两个老婆。其大儿孟田，大学毕业，据说是包兰铁路工程师；二儿孟锡，山西大学堂毕业。每逢两个儿子回家，孟存江就让他们跟着长工去锄田，儿子不愿意，孟存江就对他们说："咱们的光景不可能永远如此，一旦爬床（倒霉），会锄田就还能吃顿米糕。"

光绪年间，中街的杨老财为举人之后，他病亡后，他的儿子吃喝嫖赌，不务正业。他母亲二寡妇操碎了心，担心他把家产败，有杨天宝者，为其同宗。一日，杨天宝对二寡妇说："这逆子成天鬼混，仗着你家还有一湾好地。你不如假意把南河堰的地卖给我，把地契给他看，就绝了他的念头。地契由我保存，他一旦学好了，我再还给他。"二寡妇一听有理，忙不迭地应承。杨天宝拿到两家所定契约后速速进城，在县衙办了一张正式的买卖土地契约。第二年春天，二寡妇安排长工去地里耕种，杨天宝出面拦住了，并拿出了那张正式的契约。二寡妇一看地契张口结舌，一句话也说不出来。她自己的儿子不成器，又把地也丢了，此后她一病不起，呜呼哀哉了。

这年，鹅毛口唱大戏，杨天宝去接戏。他刚套好车，马突然就惊了，拉着空车狂奔出门，在大门洞挤死了他的大儿子。

马车一直跑到二寡妇坟头，猛地站住了。

马儿嘶鸣，叫个不停。

赏 析

本文记叙了鹅毛口村的人文历史、环境变迁、人民生活，反映了当地百姓尤其是南街外来迁户纷繁复杂的变迁史和生死存亡的生活史。

文章脉络可分为三部分。第一部分叙述鹅毛口村的地理位置、村落形成、人员构成、阶级划分等基本情况。前两段交代鹅毛口村的地理位置、村落结构。以鹅毛口河为界，分为南街、北街、中街。这是很重要的，后面一切"旧事"与此密切相关。第五段有句关键的民谣"中街人掌权，北街人有钱，南街人穿双烂板鞋"。这说明本村历史上的居民分为三个阶层，事实也如此。

接下来为第二部分，作者把笔墨的重点放在了南街外来迁户身上，这些穷人的生活无以为继，大多以背炭为生。"旧时代的张瓦沟煤窑是个黑窟窿"，这里既是南街贫农求生养家糊口的地方，更是他们流血牺牲的地方。作者充分叙述了背炭人背炭的艰苦和风险，"软站""硬站"。破烂不堪的窑衣、吃的是窝窝头腌萝卜。冬天背炭的闷热与寒冷，遭遇"抛炭"时的生死瞬间，一家三代因背炭早亡、伤病累累，字里行间处处渗透着作者深深的同情。

第三部分作者以简要的笔墨讲了四个小故事。穷人成家不易抢亲，穷人穷而善良慈悲，杨家孟家重视教育的故事，尤其最后一个故事，杨天宝设计骗二寡妇田产，终得恶果报应。可谓一部光怪陆离的变迁史和血泪史！

（高海龙）

> 高海龙，男，1970年生，忻州师范学院五寨分院高级教师。现任分院中文系书记。

吴家窑的背炭人

二十多年了，不知有多少次我乘车从吴家窑经过，那幽深狭长的山谷，路在村中，村在山下；房挨房，房摞房，整个吴家窑缩于山根下；汽车几乎是贴着民居的窗户和沿河的厕所，在车流和杂乱的行人间穿过。

这条狭长的山谷叫"水沟"，入口叫"水沟门"，出口叫"大峪口"。

穿行于山谷的这条河叫大峪河，发源于左云县马道头乡杜家沟村，从发源地到大峪口长二十公里，河床宽五十米。1951年7月28日山洪暴发，薛家庄、刘晏庄、冯庄等二十七村受灾。薛家庄村被毁，重建家园后改名为新家园。

这是一条历史悠久的古道，是经过雁门关穿越杀虎口的最早通道，是中原汉地连接北方民族最为便捷的路线。

2010年10月13日我来到吴家窑，八十岁的晁拦柱讲述了他们村旧时代的店铺情况，从水沟门起，有：赵国良店、木店（开店人家里有好几个木匠）、隆盛店（谷大疤开，其兄为山西省粮服局局长）、广顺店（杨滋开）、广和店（韩银开，韩为老秀才，人称韩先生）、四海店（李三存、史国繁开）、赵疤店、仝凯店、大胜馆（张泽根、何杰各占半个院，迎街有铺面）、刘长盛铺（干湿面铺，湿的是饼子、馒头）、田永面铺、万有德面铺、三元店（粮店）、韭菜店（关南人贩菜住此店，井水好，洗完的韭菜能多保存五六天）、武魁店（车马店）、窑沟店（车马店）、楼子店（于老根开，车马店，兼营粉坊、养猪）、骆驼店（李喜旺开）。

此外还有史粉坊（史殿普先人开，磨豌豆粉，兼营养猪）、"田增永"字号（开粉坊、缸房、糖坊），楼子店做麻糖，陈仁和是最好的麻糖师傅。

旧社会时，吴家窑有三家富人，当时的顺口溜说："唐谷两家祥盛通。""唐"指的是唐郁，有土地两万亩，年收租粮三万余斤；开办过"西福昌""东福昌"等五座煤窑，雇用五百多人为其挖煤、采煤；在吴家窑、大同、天津、北京等地开办钱庄、绸缎庄、缸房、当铺共十七处；据说现今天津的吴家窑就是因唐郁当年在此经营买卖而命名的。

"谷"指谷凤翔，在大西湾开煤窑一座。

"祥盛通"字号是赵庭祥开的，有园地四十多亩，梁地三百多亩，迎街铺面一百六十多间，牛骡十几匹，雇用长工十几个。

日本鬼子侵华后，吴家窑丰富的煤炭储量带来了当地的畸形繁荣。骆驼店毁了，建起了吴家窑完全小学，这还不算坏事情。鬼子在这里安设了"宝铺"和"俱乐部"，"俱乐部"一年四季唱戏，"宝铺"吸引"白获"押宝。有白世宏弟兄仨开"宝铺"，钱倒是赚了不少，但他们边抽洋烟边折腾，到底没有发达起来。"四海店"和"隆盛店"搭台唱戏，使得逼仄的吴家窑日日人山人海，歌台暖响，管弦呕哑。

我不能不说说吴家窑的背炭人。

背炭苦，大西湾窑有三百多个阶梯，三十多度的坡，从梯根底抬头仰望窑口，仿佛仰望暗夜里一颗忽明忽暗的星辰。

炭是由生命和鲜血换来的，在最底层刨炭的叫"搂炭师傅"，他们的棺材就放在窑门口。刨大炭的时候，先要"鏊根"，就是把大炭的底子搜空，挖九米深，然后把两边刨开。最危险地一关是，把这一切都做好后，还得把支撑在大炭下面的块煤取出来。人趴在底下，耳听得大炭与煤层剥离的声音嘣嘣作响，此时此刻，如果人出得慢了，就会被压成肉泥。干这行死人是经常的事，人死了，窑主给一口棺材、五斗粮食。常常有三四个人在窑下"刨根"，一起叫压死的惨剧发生。

背炭有两种方式，一种是用柳条编的篓子背碎炭，另一种是用生牛皮做的"皮条"背大炭。"皮条"寸数宽，还要在背上铺好"垫背"，最厚的有七寸，在脖根底下还要垫一块叫"背壶"的皮子。

照明用的是素油灯，每天在"柜上"领半斤素油，人人头上戴顶毡帽，毡帽上有道箍，油灯上有个钩子挂在箍上，戴上后就爬进暗无天日的窑洞。

通常一篓背一百二十斤（老秤的量），用"皮条"背大炭比这还要多，一般是两块大炭。一天背七趟，叫"一晌"，算一个班。从早上五点一直背到下午三点，一共十来个小时。这以后还要再下窑底背一篓子倒在"柜房"，然后再下窑底背一篓"烧窑炭"，这是窑主送给矿工的。每一篓子够二百斤，攒十来天够一花轱辘车，能卖十来块大洋。

背一趟给一根签，一根签一块白洋，挖煤的半块，背炭的半块。

背炭的不仅有成年人，还有十三四岁的孩子。他们一般一趟背六十斤，叫"半趟"。背炭苦重，受三天缓一天，叫"四天一歇腰"。多年背炭的人往往腿僵，腰疼得弯不下来。

背炭也时刻有受伤、要命的危险，晁拦柱十七岁跟着父亲下窑，曾经遇到过两次危险。一次是爬在他们父子二人前面的人背篓绳断了，篓子顺梯滚下，父亲和他赶紧把头埋在阶梯底下，手脚扳住蹬住梯子，用背上的炭顶住飞速滚落的炭块，这叫"窝炭"。"窝炭"得五六个人，人少了不足以抵挡飞滚的大炭。那爬在最前边的人往往是村里体力最强、心地最好的人。他们让体弱的、年少的跟在后面，用自己的性命开拓着众人的生活之路。

有的背炭人连炭带人滚落下来,叫"连毛滚",跟在他后面的人不能抬头伸手去救他,人就噼里啪啦地滚下去撞死了。一次晁拦柱的父亲走在前面,觉得有人滚下来了,刚一抬头,头顶和额头就被大炭打开很长一道口子。

吴家窑挖煤的历史很长,有过多少背炭的人呢?人们还记得老背炭人有张玉栓、刘栓、连四五、陈玉达、陈春等。八十几岁的这一茬有晁拦柱、白成、连生、赵富元、韩大锅、梁小白、阎生金、马忠林、连高升、麻成、麻周、李二旦、李润四等。人们还记得晁套定、晁栓子在四峰山煤矿背炭,因井下透水而被淹死,连尸首都没找到。

吴家窑自古为咽喉要道,常常车来人往,这里不仅是买卖人往来的通道,也是强人和泼皮出没的地方,因此村民素有习武之风。村人们记住的最早的武术高手是朱国选的爷爷,人称"朱把式",徒弟有王志仁和连有。他有三个儿子,大儿朱文焕,二儿朱文英,三儿是个傻子。

有一年三月十八日逢庙会,有绰号"大二嘎皮"者开赌座宝,傻子去看红火,被"大二嘎皮"一把推开,打出门去。傻儿哭回家去,朱国选的爷爷问明情况,说:"一个傻子不懂事,你劝开就行了,何必打骂,可见原非善类。"

朱国选的爷爷走到赌场门口,一掌劈下石狮子头,闯进去就把宝摊砸了。"大二嘎皮"拔出两把匕首扑上前来,被朱国选的爷爷两脚踢飞,朱国选的爷爷徒弟们赶来,狠狠地教训了"大二嘎皮"一顿。

目前村里老一辈的武术家有晁拦柱、朱文有、郭贵,岁数小的还有王云,年轻人习武的几乎没有了。

我来吴家窑后,八十岁的晁拦柱一直陪着我。他年轻时背过三年炭,一生吃了很多苦,还跟着三位师傅学过七八年的武术,强健了体魄，锤炼了意志。他详细地向我讲述了背炭人悲惨的历史，还带着我四处走访、拍照。望着他斑白的头发、大步前行的身影，倾听他善良正直的话语，使我体会到劳动人民对文化的自觉与渴望。

　　离开吴家窑的时候，大峪河哗哗地流淌着，河水清清透迤而去。两狼山在黄昏的日照下披上了金色。太阳落山后，河道飘浮着蓝雾，群山苍茫，银灰一片。

赏析

　　《吴家窑的背炭人》一文描述的是旧社会吴家窑村百姓的生活面貌，重点写了背炭人的苦难生活，寄予了作者对劳苦大众的深切同情。

　　文章从四方面写背炭人。一、以大西湾煤矿为例，讲述了背炭人险恶的工作环境；二、工作时间，"从早上五点一直背到下午三点"；三、背炭人的待遇，背一趟"挖煤的半块，背炭的半块"；四、背炭人的命运，非死即伤，即便活下来也疾病缠身。

　　文章结构上前后关照，前有铺垫，后有照应。开篇写吴家窑的地理位置、环境，这里"房挨房，房摞房，整个吴家窑紧缩于山根下"，突出生存环境的艰苦，为下文做铺垫。第四自然段写吴家窑地处交通要地，人流杂多。这是一处伏笔。当我们读到下文，就会注意到叙述村人习武之风时，提到"车来人往，这里不仅是买卖人往来的通道，也是强人和泼皮出没的地方"，正好与之照应。接着文章又写到村里店铺林立、写到村里的三户富人、写到日寇侵华时村里的状况，都是在表明此地富人少、繁荣只是表象，是"畸形繁荣"。这也是为后文铺垫。总的说来，前面这些内容写的是吴家窑的大环境，是让读者对旧社会村里的生存环境和生活状况先从总体上有一个认识，以此设置背景，铺垫下文。

文章详略安排合理，手法多种多样，有描写、说明、抒情、议论。如写大西湾的窑，"有三百多个阶梯，三十多度的坡，从梯根底抬头仰望窑口，仿佛仰望暗夜里一颗忽明忽暗的星辰"，用数字说明，用比喻句描写，写出窑口深、坡度大，从而表现了背炭之苦。还有像介绍背炭的两种方式，刨大炭"鏊根"等等都用了说明。至于描写的语句文中很多，不必细述。抒情议论如"炭是由生命和鲜血换来的""用自己的性命开拓着众人的生活之路""望着他斑白的头发、大步前行的身影，倾听他善良正直的话语，使我体会到下层劳动人民对文化的自觉与渴望。"等等这些语句，字里行间流露出对苦难人民的体恤之情。多种表达方式结合使用，使语句丰富多彩，很好地表现了主题。

文章在开头结尾都有环境（景物）描写，开头的环境描写交代背景，作下铺垫。结尾的景物描写既是客观的景色，也是作者的内心感受，旧事都随河水流逝，夕阳西下，村庄更显苍凉，烘托出作者沉重的心情。

另外文章有些地方在用语方面，地方口语与书面语言结合，如"宝铺"（赌博押宝的店铺），"白荻"（赌博人），这是口语。"歌台暖响，管弦呕哑"是书面语。地方口语的使用符合语境，书面语富有文采、典雅优美。二者结合使语言相当有表现力。

（刘懿德　李成斌）

盐丰营的王守贵

王守贵小名"七十五",是父母为了他长寿而起的。他今年已经七十九岁了,自己养着一群羊,每天出去放。

他十二岁那年,八月十五圆完岁,十月父亲王信就死了,才活了五十二岁。母亲陈大女,尚南头村人,这年四十岁,患有严重的白内障。陈大女的男人一死,仿佛一下"剁了手脚",天天垂泪,越哭眼疾越重,家里无钱治疗,在六十岁后渐渐失明了。

父亲死后的第二年春天,王守贵开始放羊,当"搭伴子",除了中途有两三年"没摸鞭杆"外,一辈子没脱离过羊群。

人穷,命苦,但不能悲观。每天"七十五"放羊回来,给家里把水缸挑满,帮母亲烧火做饭。吃完饭,把尿盆给母亲拿到屋里,安顿她睡下,就跑到"耍孩儿"老艺人赵珍家,给老人家担水、扫地、烧茶、倒水。赵珍患有风湿性关节炎,"七十五"就给他捶腿捏肩,到冬天还给他把炕烧得热乎乎的。

王守贵没念过一天书,师傅给他念完戏文,他再看一场戏,在本村看,外村的也看。看完了,一场戏从前到后的戏文就记住了。等在野外放羊时,就开始小声哼唱,一开始还怕别人听见。慢慢地胆子才大了,在那白花花的盐碱滩里,在那风雪弥漫的翻耕地里,他用颤抖的声音歌唱着生活的辛酸和喜悦。

几年后,他在盐丰营的戏班里扮演三花脸的角色,在《王小赶脚》这出戏里,他成功地塑造了一个诙谐幽默的受苦人形象。师傅赵珍看了他的表演以后感慨地说:"我没想到,拙嘴笨舌的'七十五'能唱这么好!"

赵珍师傅也是个命苦人,他有两儿两女。两个儿子,大的早亡,二的当八路军没有回来;大女儿嫁到山阴偏岭,二女儿嫁到本村,本想有个照应,但女婿在大同煤矿当工人,经常跑家,很想把家迁到矿上。有一天赵珍和女婿抬了几句杠,王守贵来看师傅,赵珍看到他进门就哭了,赵珍说:"我没儿,没儿的人没根,到老来连个烧纸的人也没有。"

看到师傅鼻涕一把眼泪一把地哭,"七十五"很难过,他对师傅说:"您放心,我就是您的儿,您哪一天殁了,我年年给您烧纸!"

1958年,赵珍师傅下世,终年六十九岁。他的坟紧靠着村边,每年清明节和七月十五,"七十五"总要把供品买得全全的,给师傅恭恭敬敬地磕头、上香、烧纸。

王守贵对我说:"孙悟空降妖捉怪,唐僧不理解,为难他,可他多会儿也忘不了师傅。他跟师傅重逢以后,那一声'师傅'喊得我真心酸哩!猪八戒不像他,有了女人就忘了师傅。"

赵珍下世后,王守贵就在盐丰营担负起"教艺"的责任,村里1954年左右出生的人,现在大都已经六七十岁了。这些人谁愿意来学戏就来,大的走,小的来,来了就教,分文不取。没吃饭的给吃,没睡处的让睡,娶不过媳妇的帮着娶。

二十世纪六十年代初,刘万启在康庄念书,因家贫退学,跟王守贵学戏。家里给他说了个媳妇,但一分钱没有。王守贵先给了他二十块,这是规矩,每个徒弟娶媳妇都有这份待遇,还得起的还,还不起就不还。王守贵通过养羊、卖羊、卖羊毛,再加上烟不抽,酒不喝,给刘万启凑足了五百块钱,帮他成了个家。后来刘万起到大同煤矿当了工人,全家迁走,房不住了,卖掉,这才还了那五百块钱。

张国吉家里弟兄多，父母年老，管不了他，便把他送到王守贵家里，说："他成家的事就交给你了！你教他放羊、种地，帮他攒钱娶个媳妇。"

张国吉娶媳妇花了一千块，也是王守贵帮他出的，这钱后来也还了。婚后张国吉育有一儿一女，儿子张宏伟已经成家立业，女儿张美华还在读高中。1996年，张国吉患了重病，临死时，他把王守贵叫到家里，对他说："师傅，我的病是死症候，我死了，放心不下女儿，交代给谁呀？"

王守贵说："人家妈是亲妈，又不是两旁外人，咋能不管？你的病这是没办法了，你放心，美华念书，短多少我给拿多少，只要我不死就管她！"

当天下午，张国吉就上了吊，王守贵没有食言，一直供张美华念完高中，读完大专。目前张美华在榆次开了六个大药房，王守贵曾经得过两次大病，险些要命，都是张美华和女婿用车把他拉到太原抢救过来的。到了每年八月十五、过大年时，美华夫妻俩都要回村给他们老两口送钱送物。

那是师徒间的一些情分，那是百姓间的一点照应，那是人世间相濡以沫的一眼小泉，映现出我们干枯多年的眼睛！

赏析

本文写了一位火热情长、多行善举的普通百姓王守贵。这篇散文很短，我看了一遍即对王守贵铭记在心。因为他的心融化了我，他的所作所为感动了我。

写人离不开他做的事、说的话，一个人好不好，看他这一生都做了些什么。本文没有从外貌上描写王守贵，也没有一点点心理描写。

作者不过是写了王守贵最暖人心、动人情的几件事和几句话，便把一个侠肝义胆、扶弱济困、一生忘我的好人形象呈现在读者面前。

一、王守贵出身贫苦，父亲早逝，母亲多年患白内障，六十岁后渐渐失明。

二、他每天放羊回来干完家务活，伺候好母亲。

三、拜"耍孩儿"艺人赵珍家为师，赵珍患有关节炎，王守贵到他家什么活都做。

四、看戏、学戏、成功演戏。

五、师傅赵珍下世后，王守贵年年给他上坟，"总要把供品买得全全的"。

六、义务"教坊"，教爱好"耍孩儿"的青少年学戏。

七、帮助学戏的刘万启、张国吉成家。

这是他做过的事，还有他对师傅说过的话："您放心，我就是您的儿，您哪一天殁了，我年年给您烧纸！"

还有他对"我"说过的师徒关系应该是怎样的："孙悟空降妖捉怪，唐僧不理解，为难他，可他多会儿也忘不了师傅。他跟师傅重逢以后，那一声'师傅'喊得我真心酸哩！猪八戒不像他，有了女人就忘了师傅。"

这些话很笨拙但很真诚。一个好人无论他做的说的，都不是巧事巧话，这是我们认识人的根本办法。同样，好文章也是这样，实实在在，绝无虚言！

（李成斌）

野猪窊记事

野猪窊在恒山余脉紫荆山山背腹地,三面环山,东有马鞍山,西有水平山,北有孤山,西北还有前阳山。

东南五里是保全庄,十里是大莲花,为朔城区地界;正南五里韩川,西南五里麻地沟,正西十里下白泉,西北五里高崖上,皆宁武县地界。如今韩川与麻地沟已成空壳村,下白泉原为乡政府所在地,现已撤销多年。

野猪窊虽然偏僻,但旧时代却是商贾们逃税避关的小道。从崞阳经段家堡、盘道梁、韩川、野猪窊,就可到朔县川。

野猪窊新村在野场地,旧村有两个,新旧村加起来共三个。第一个村叫西曹村,也叫曹村窊,在半山腰的沟凹里,原有曹、闫二姓,现已无存。此地有砖瓦窑遗址,还有陶瓦残片。

第二个村在水平山沟稍东的缓坡地带,野猪窊实指此地,据说已有七八百年历史。此村最早居住者为钟姓,来了弟兄仨,钟龙、钟虎、钟豹。钟虎、钟豹走了,据说一个到了东北,一个到了上海。现在钟姓为钟龙之后。

野猪窊现在的新村在野场地,仿照长城亭嶂,南面留两扇很大的木门,四面建筑房屋七十八间,占地十七亩。里面住着三十来户,七八十人。有公共卫生间、食堂、锅炉房、活动室。院中有井,井深三百零一米,水质好,水头旺。

这所城堡式的院落是支书胡二明争取下来的,为了保住他们的村。

20世纪60年代野猪窊村有十五姓：钟、张、胡、安、杨、李、何、王、丁、贺、白、冯、芩、梁、陈，如今只有钟、张、胡、安、冯，十五姓只剩下零头。

旧村野猪窊现在还居住着三户人，这里的老坟路、西井背、棺材坡皆有老坟。东南方有闫家洼、丁家洼，算是保留了原住居民的信息。

闫家坟在水平山西坡，面积百十亩，很多是外姓之坟。

张姓从贾庄来，已历九辈，二百多年。胡姓从安徽逃亡至此，已历七辈。杨姓也是野猪窊较早的居民，不知走向何方。很多人记得李枝、李堂、李义弟兄仨，是其父新中国成立前从芦子坝迁居于此，投靠钟姓岳父，1973年后陆续迁回原村。

野猪窊山大坡陡沟深，山坡地、半坡地占百分之八十五。此地历来缺水，吃的是水平山沟底的天然控水，一天一户担不上一担。人们就到下白泉和寒川挑水。农业社时钟守云耕了一天地，回家后看到水缸没水，便乘着月色到下白泉挑水，返回后走到村前，不小心擦倒，一担水全倒了，他站起后不由大哭。但哭有啥用？他回家吃了点东西便急匆匆又上路了。

为了吃水人们只能依靠旱井。旱井上小底大，坛子形状。一般口径一米，底座八米，深五米，就是丈五深，最深的三丈。最底下是锅底形，澄泥。旱井一般存三四十方水，够四五口之家吃用一年。

将红泥、白灰、黄土适量沤制三四个月，准备抹旱井。先把挖好的旱井井壁捣实，捣时用木槌，捣完再用木板打平。木板形如笏板，拱形。等井壁抹泥后再打。

旱井收集雨水雪水。数伏天存下的水，立秋就能澄干净。旱井之水属天水，浇花比井水好，对健康也好。此地人牙白，姑娘们长得漂亮，并且多少辈人了，没出过一个傻子。

穷村，但有一种特产叫白土，俗称矸子，是一种白黏土。挖白土叫掏矸子。白土在西曹村中间的沟底，沟叫小盘梁。这里有十几个洞口，最深的五米。洞口仅能爬进一人，用煤油灯照明，使用的工具是小尖镢、小铁锹。

背回的白土要晒干，然后泡水，泡三四天。如果刚挖出来就泡水，白土就炸不开。必须充分浸泡，左摔右打才有韧性。其后把白泥在石板或木板上摔成方块，晾晒在太阳下，就算做成了。白泥块有大有小，最大的一斤左右。

白土是不值钱的东西，七八斤白土才换一斤粮。平日没人用，只有腊月将近才能出去换点粮，闹几个小钱。野猪窊的白土不值钱，但确实好，好在哪？人们刷过的墙穿着衣服靠上去，沾不上白，别处的就不行了。人们鉴别哪里的白土好不好，方法就是放在嘴里嚼，不牙碜就是好的。

除了白土，此地还有红胶泥，到处都有。人们在应子沟，也叫洞儿沟取上红胶泥，和上黄泥、纸筋、头发以及羊毛做泥瓮。比例是三沙二泥一纸筋。

人们用瓮做模具，倒扣在地上，把和好的泥一片片拍在瓮上，从下往上拍，全部拍上，拍严实，蘸水抹光。半干后脱下来，再用锅底灰涂抹。在缸口留一条白道，看起来和陶瓷瓮一模一样。

野猪窊风大，风是南风。白露前后刮南风。最大的风有十来级，在外念书的孩子回村手拉手。大风经常刮倒烟囱、房脊，刮掉玻璃揭起瓦。

过去人们种庄稼主要选择夏粮，主种莜麦、豌豆。莜麦是夏莜麦，俗称"二不秋莜麦"，未等南风起，早已归了仓。

糜谷黍最怕风，恒山山脉是一条气候线，冷热风在此交汇。南风从山顶上翻下来，摧枯拉朽，折断粗壮的树枝。大风过后，黍子头就像被刀子刮过一样，颗粒不剩。

南风来了，人们便不能干活，只能待在家。

旧时代乃至于大集体时期，因为没牲口或牲口少，人们经常用篓子背粪。篓子是用胡榛条子编的，扁形，一篓子粪最多装五六十斤。

农业社那会儿，背粪的是老汉、妇女、孩子，壮劳力不干这个。他们一上午背三四回，一天背六七回，背一回挣一分工。最远到老坟路南堰桥、东梁，三里爬坡，三里下坡。

此外深挖地，刨田埂。田埂上野草茂盛，刨倒翻到土里，草就沤成肥。

妇女们收工后回家做饭、吃饭。吃完饭还要做鞋。把碎布贴在草纸上，在上面抹上糨糊，总共八层，这叫打袼褙。打好的袼褙放在炕席底下炕干。

晚上，坐在煤油灯下，手上戴顶针、皮巴掌，锥子扎底，穿针引线，十来八天做一双。做好的布鞋，前头包皮头，后头包皮掌，有条件的还要在鞋后跟钉钉子。

受苦人一般一年穿两双鞋。有的女人不会做鞋，求人做一双，乱了就修，破了就补，一双鞋要穿好几年。

冬天男人们砍柴、背柴，柴是圪针（沙棘）、蒿子。背圪针没有破麻袋、破口袋垫底，便用野草代替。一年一年地，梁上沟畔的圪针基本上打光了。

早些年人们盖房，后来觉得房屋一是不抗冬，二是容易被风吹掉烟囱和瓦，不如窑洞冬暖夏凉。于是拆掉房屋，卖掉椽檩，家家户户选择背风向阳的地方挖几孔窑洞。

窑洞一般三间，一堂两屋。窑洞高两米五，宽三米。掏一间窑，紧七慢八，快了七天，慢了八天。此地窑洞土质好，几辈子住都行。人住上不掉泥皮，人不住很快便毁坏了。

掏好窑，还要裹泥、盖炕板、捅烟筒。

因为缺水,野猪窊人们想了很多办法。20世纪60年代,现今支书胡二明的爷爷胡二小,官名胡步章,和宁武韩川村换了四轮十亩地,地叫油梁沟,通到盘道梁。此地有洪水,他计划打通小盘梁山壁,引水灌溉村里的土地,因施工难度大,没做成。

"文革"前在小盘梁东开山打洞,挖了千米,山洞高宽三米。野猪窊、梁地村、周家窑三村联合作战,计划将韩川村的地下水引过来。因为那时候已经勘察到盘道梁下有"地海",还有煤和铝。施工过程中村人安德旺被炸掉右手,工程又一次下马。

野猪窊虽则狭小、偏僻,但也有惊心动魄的故事……

不知何年,有个姓钟的年轻人,小名叫玉老牛。玉老牛老实憨厚,已经和福善庄三大肚的女儿定亲,彩礼也给了。但三大肚忽然就把女儿嫁到朔州南关,既没退婚,也没退彩礼。

村里有个人对玉老牛说:"你人没人,财没财,将来还不是一个人。与其一个人活得不如死了,还不如去把狗日的杀了!"

这玉老牛就磨好镰刀,在打听到他小姨子出聘的那天去了福善庄,在混乱的婚礼中杀人九口。官家将他发配充军到四川某县,某县的县官才上任,正是朔州人。一看新来的贼配军是朔州人,便重新审理,将他发配雁门关。玉老牛回来,让割掉一只耳朵,保全了性命。

此事轰动一时,人们给编了很长一段顺口溜,流传下来仅剩这么几句:

　　庄里有个三大肚,
　　三大肚你好胆大,
　　一个女儿就许两家,
　　头一家野猪窊,
　　第二家城底下。

另一个故事是，也不知何年，有钟姓之人到崞县当长工，寒冬将尽，春寒料峭，天冷得很。东家将他打发到一间多年闲置的家，让他住下。他说："掌柜的，你看天气这么冷，我睡在这就是个往死冻，你给我拿上两个皮袄、一条毡子，我好熬过这一晚！"东家说："行，你天明给我送过来！"

钟姓男子睡到半夜，带着两张皮袄，一张毛毡，越墙而逃。这人还识的几个字，在墙上留言曰：

　　掌柜的三八二十三，
　　两领皮袄一疙瘩毡，
　　我天明就在朔州穿，
　　安子来庄子来，
　　新旧广武油坊来，
　　寻不见你返回来。

2019年冬，我到福善庄村，向村庄年长者打问当年因悔婚野猪窊村人杀掉该村张姓一家九口之事。村民们说，悔婚有过，杀人无有。我才知道，年代久远之后，很多事情都会演变为民间演义。

赏析

一文记述了一个小山村的人、事、物，呈现了一幅穷乡僻壤的生活图景。

作者写出了野猪窊村之"野"，"在恒山余脉紫荆山山背腹地，三面环山，"在朔城区最南边紫荆山山背，居住在山腰，与别处大不相同：一、吃水难；二、出产白土（刷家用）；三、用红胶泥做器皿；四、风大，只能住窑洞，经常颗粒无收；五、人们的生活很苦很穷。

跟其他写村庄的文章一样，作者在写到村庄特色手工行业时，总是有细致的描写和详尽的说明，其意在给读者、给后世留下一份乡土文化遗产，这是作者写作的主要目的之一。本文在写野猪窊的旱井、白土矸子、红胶泥做瓮等内容时也是如此。过去，老百姓没牲口，男人们经常用背篓背粪送地里，刨野草沤肥。女人们收工后回来做饭做鞋。文章对做鞋一段详细叙写，一双鞋女人们十来天废寝忘食地做出来，男人们要反反复复，破了再补穿好几年！

文章语言既严肃又活泼。写野猪窊的生活面貌，作者以平实严谨的语言，以文献史料性的文字，呈现出一个小山村真实的物质精神生活状况。写两个故事，则用生动活泼的语言。故事情节虽然简单，但叙述生动精彩，扣人心弦。又配以顺口溜，读来饶有风趣。

（刘懿德　高海龙）

峙峪陶瓷

峙峪村因"峙峪人"而闻名。

1963年中国科学院在朔县（今山西省朔州市）峙峪村北小泉沟的岛状沙丘中，发现旧石器时代晚期遗址，距今约两万八千年。遗址处发现一块人类枕骨，还有相当多的动物化石。从遗物中可以看出，峙峪人生活的时代，山上森林茂密，丘陵灌木丛生，草原丰茂，河里有鱼，陆地生活着野马、野猪、鹿、犀、鸵鸟等。他们猎取最多的动物是野马，所以峙峪人又称"猎马人"。

朔州陶瓷生产历史悠久，出土过两周、秦汉、唐宋各代的鬲、壶、罐、碗、碟、瓮、盆等。在峙峪村西、磨石沟村北瓷窑遗址发现很多宋辽时代黑白釉面粗瓷碗、盆、罐、瓮以及釉面细瓷小碗、黑黄釉浅色粗瓷小碗。峙峪村制作陶瓷的历史至少有一千多年，当地盛产煤及黏土，这为制作陶瓷提供了方便。

2018年12月2日至3日，我到峙峪村走访。时今年七十六岁的落斌章说，峙峪村之南是庙梁，因为山梁上曾经建过寺院；之北是西梁。村子地处两山相夹之沟口，故名。

西梁下有西沙河，它是一条干河，老辈人记得这条河向来无水。

村北，两山相夹下的沟叫后沟，长约二里。沟尽头有大石碣，石碣有缝，缝隙出水。沟尽头左侧有暖泉坡，坡下有涌泉。所谓的峙峪河就是此段，不过是渗沙水，平日一般流到沟口。暴雷急雨时节，山洪涌入，这条河才汹涌浩荡，奔向远方。峙峪遗址在村北约二里处，其背后是小泉沟，有一人工砌就的水坑，村人在此取水，一次仅能取三桶。

村子古来无井，村人从暖泉沟和小泉沟取水，来回要走四里路。

峙峪村最早的住户为刘姓，然后是落姓。传说来了落姓弟兄俩，不知什么原因打死了舅舅，逃亡在外。他们先到磨石沟村，在此分头而去，隐姓埋名。一个看到这里到处是山石，便改姓为石，一个有感自己经年累月落荒而逃，备受艰辛，便改姓为落，至于原姓为何，不得而知了。

石姓者不知去往何处，但落姓却在峙峪村扎根下来，现在村中百分之九十的人姓落。新中国成立后该村人口一千多，大集体时期人口两千多，现在人口是五千多。

元明之后朔州生产陶瓷的主要场所在峙峪一带。清初到清末时期，峙峪村的瓷窑有：下大路、后沟窑、南大窑、北大窑、瓦窑、庆德瓷窑、堡窑（碗窑）、烈面窑、小窑、泉坡。民国初年到1949年的瓷窑有：小碗窑三座、东梁窑、落翔龙瓷窑、西山碗窑、上龙胜九窑、东山窑（瓦窑）两座、大西窑两座、葫芦窑、河顺窑（碗窑）、上大路窑、酸枣窑、安全窑（小件）、小东窑（小件）、落兴隆瓷窑。

民国二十五年（1936），峙峪的瓷窑发展到二十一座，年产盔、瓮各一千五百套，碗三千八百轴。

做碗的土出自东梁，那里的土层有五尺厚，在十米以下呈灰色。黏土俗称矸子，有沙矸、红矸、底盘矸、白矸之分。挖出的矸子用驴、骡驮，驴、骡背上一头放一只篓子，驴一次能驮一百多斤，骡子一次能驮二百多斤。

矸子倒在圆形的场面上，上面铺着石头，骡马拉着碌碡，碌碡的形状是头小身大，如果上下一般粗就转不开圈了。

把矸子碾碎、碾细，一天碾一场。碾下来筛，筛完再碾。碾成碎面，堆在场面中间。

下一步是和泥，把矸子土拌成块垒，和成硬泥。在场面旁边有一个窑，窑顶有孔，把料铲进去。窑有大有小，大的能放三十多吨，小的能放二十多吨。

备好料，要从小水沟（峙峪遗址背后）、后沟（石碣底下）、暖水泉三处挑水。天天往料上浇水、倒水。

做瓮需四人：大师傅捏；二师傅看哪里捏得不合适进行修理；三师傅和泥，把该用的料准备好；四师傅用轮带传送、担水。

做碗要两个人：大师傅是技工；二师傅是壮工。技工自己拨轮，一天捏三百到五百个，捏出的碗薄厚不均，大小不一，俗称"笨碗"。

捏出来的瓮和碗要装窑烧。

瓮要装七十来柱，套三、套四、套五，就是大瓮里面套小瓮，大的里面再装三个、四个、五个小瓮，几个合成就是一柱。

一层七十来柱，装四层或装六层，口对口，底对底。装完瓮，上头还要放盔和尿盆，再把其他的小巴流星捎带上，一起烧。

烧一窑需三四十吨炭，一般烧五六天，也有烧六七天的。在煤上洒水，放进火塘。

装好窑，点火，慢慢烧一两天再封窑。

窑为圆形，用石头砌就，有一门洞，进出装窑。窑里面，底下一头一个孔，顶上最高处留一个孔，侧面留一门洞。

火焰烧起来，返下来，烟洞在底部，烧制的器物放在炕上，炕是石头砌的。

在窑外，比炕低的地方有一火坑，俗称"哨"，通风烧火。点窑后不断往里加炭，火焰在里边翻上滚下，在瓮和瓮之间、碗和碗之间翻腾跳跃，火舌飞舞，烈焰炙烤，风阻火势，越烧越旺，在夜晚的黑驼山下火光灼灼，流星四溅，端的一派兴旺发达的景象。

建一座窑不容易，旧社会人们租窑烧陶，窑主租户平均分利，但本钱要窑主出。

陶瓷业的利润是丰厚的，改革开放初，一大窑瓮卖两万多块钱，除本之后还能盈利一万多块。

烧好后就要出售。旧社会村里有缸坊，烧酒之余承揽陶瓷买卖，通过火车运送，使峙峪的陶瓷业走得很远。

平时，一头牲口驮两柱瓮，力气大的牲口一柱里面套数多，力气小的牲口套数少。此外，还有推车进城卖的，有走村串乡的，有出口外跑远路的，有卖钱的，有换粮食的。这些陶瓷都是寻常百姓生活中须臾不可离的，虽然挣得不多，但这个行当却永远不是赔钱买卖，所以峙峪村百姓的生活尽管不算大富大贵，但养家糊口总比别处强得多。

在手工业时代，峙峪村的陶瓷是粗糙的，但手艺好的人还是尽力表现器具的巧妙和美。越是好的匠人，他们做出的瓮和碗就越薄、越轻。

制作陶瓷没有煤不行，旧时代峙峪村就有三个窑口：前头窑、旧新窑、三新窑。旧新窑有两个口，新的在前，旧的在后，故名旧新窑。这三个煤矿都在村西北。

1954年朔县（今山西省朔州市）在峙峪村组建陶瓷手工合作社，经营碗窑、瓮窑各七座，有职工五十人，全是峙峪村村民。

后来，做碗进入半机械化，先做上模具，用机器刮泥，节省了人力。用四种黏土加上黄土混合烧制，做成暖水瓶，销往东北，一个能卖一块二三。做套盆，一套五个，一律做成白色，销量很好。

1964年试制成细瓷白底大花碗、小花碗和色泽鲜艳的小罐。

"文革"期间做毛主席瓷像，大的八寸，小的六寸，大的一天生产一百多枚，小的一天生产二百多枚，瓷度白，造像准，成为人们热衷的收藏。

1972年试制棕釉瓷产品，有五合瓜壶、天鹅烟灰缸、海螺烟灰缸、蛤蟆烟灰缸、笔筒、迎春花瓶、酒壶等。前五种远销非洲、欧洲。

此后生产卤壶，全部为红色，个头有大有小。壶身为白底画花鸟鱼虫的，也有整体茶色釉的。

这个时期粗瓷变成了白瓷、青瓷。此时烧碗放在"笼盎"里，就是一尺三高的红瓦桶里，装窑时摞十四层，一个笼盎放二十个碗，生产的质量和数量都大大提高。

1985年主要产品为烤花五合壶，棕釉五合瓜壶从天津口岸出口。烤花方五合壶和朝阳杯、碟由雁北日用品杂货公司包销。

1970年"包钢"在峙峪村采黏土制耐火砖，从西梁三四十米深的地方挖掘，黏土厚度两米多。"包钢"从峙峪村招收了三四十名工人，从全国各地招收工人，鼎盛时期达到两千多人。"包钢"在此建学校、医院，成立了许多配套单位，建起办公楼、职工宿舍，一下子使这个偏僻之地变成了繁华市镇。

"包钢"在村东和村中间打了两眼井，一个百米深，一个二百米深，村民第一次吃到了井水。

"包钢"黏土厂、西安黏土矿、峙峪县营煤矿、县营陶瓷厂、西沙河煤矿在峙峪村纷纷亮相，使其成为热闹的工业基地。

2008年"包钢"黏土矿下马了，"包钢"在本地又找到新的黏土矿。随着"包钢"卷铺盖走人，其他厂矿也撤的撤，倒的倒。现在都走了，村里一片冷清。

今年八十五岁的刘世有原是刘家窑村人，他九岁上父亲刘裕汉在本村煤矿錾炭被打死，年仅三十来岁。刘世有十一岁上到煤窑背炭，二爷爷赵章是矿上的把总，看到他连说："可怜，可怜！"随后让他给矿洞"扒风"，就是疏通风道，堵住瓦斯。

十三岁时他牵着小毛驴驮矸子，去城里卖瓷器。有一年家里没有一点吃的，他用驴驮了十轴碗，还有五个尿盆、五个送饭罐，到二三十里的杨家圪台卖。他进村后绕村转，一老汉问他你做啥，他说卖碗。老汉说卖碗咋不吆喝，他说我不敢。老汉说看着娃娃可怜的，我帮你卖。老汉喊来村人，说这娃娃这么点出来卖碗，不敢吆喝，咱们拿出好莜麦，谁能换谁换。

那时一轴碗二十个换一克二三莜麦，他只要一克一。十轴碗换了十一壳，一克二斤多。送饭罐和尿盆一个换一升豌豆，一升近四斤。

他回来时已是晚饭过后，天黑洞洞的。他喊家人来卸驮子，继父老远说我知道你也卖不了。他把粮食递给继父，继父叹口气说："娃娃大了，十四岁就能给家换回粮食喽！"

刘世有是装窑、烧窑的好手，也是峙峪陶瓷厂的技术骨干，已退休多年。这个大字不识一个的老人告诉我说，他有三个孙子、两个孙女，全是大学生。

陕北有一首民歌唱道："受苦人过的是好光景！"

愿刘世有和他们的后人，在好光景的路上越走越远，越来越好！

赏析

本文和"乡土记忆"系列第一篇《碗窑》题材很接近，都是介绍讲述本地乡村旧时代陶瓷生产加工的，但是在具体内容和写法有很大不同。《碗窑》的内容比较单一，集中叙写了碗窑村旧时代百姓取土、捏碗、卖碗的生活生产经历。而《峙峪陶瓷》一文所写峙峪村的陶瓷生产历史非常悠久，品种繁多，产量极大，销路很广，有很多细瓷制品甚至工艺品，一直延续到20世纪80年代。

介绍峙峪村旧时代瓷窑做碗做瓮、烧瓷的工序和过程是文章的核心主体部分。作者从取土说起，取土取的是黏土，俗称矸子，矸子需要骡马拉碌碡碾碎碾细,筛子反复筛,反复碾,最后和泥。从远处挑水,每天往料上浇水。做瓮得四人配合,做碗两人配合。烧制大瓮经过是非常烦琐的过程,装窑、不断加炭、洒水,然后封窑,最后出窑。作者极尽笔墨,不厌其烦地介绍叙写烧制瓷瓮的详细环节和工人们的技术和辛苦,让我们感受到了瓷窑生产的技术难度和工人的辛苦。作者从峙峪村陶瓷的兴盛讲到它的衰落,对各个时期陶瓷的数目、烧制方法,烧制过程,瓷器种类、色泽、用途及销量和销售等,都做了详尽细致的叙述和描写,条理分明,形象生动。比如写点窑的段落,"点窑后不断往里加炭,火焰在里面翻上滚下,在瓮和瓮之间、碗和碗之间翻腾跳跃,火舌飞舞,烈焰炙烤,风阻火势,越烧越旺,在夜晚的黑驼山下火光灼灼,流星四溅,端的一派兴旺发达的景象。"

《峙峪陶瓷》如果按史志写,是材料的拼接;按说明文写,是干巴巴的罗列;按散文写,则不仅有史实性、说明性,而且同时具有趣味性、故事性、文学性,使枯燥的材料性语言一变而为形象生动的描绘,表达出作者对人民和生活的热爱,才能流光溢彩!

(李成斌 高海龙)

铁木后传

旧时代的手艺人中,铁匠和木匠关系最近。比如木轮大车有专业大车铺制作,在那繁华辐辏之地。乡间亦有好木匠,手艺齐全者无所不能,除了木工活,也能造大车。造大车中木工活的部分干完后,得铁匠安装铁部件,如车轮瓦、铁键、铆钉、铁环等。大车主要由车身、车轮组成,车轮是关键部位。车轮直径四尺,有十八根辐条,外围有九块弧形木辋组成,用熟铁打制的三块瓦包住,再用三寸铆钉钉住。轮毂也叫圆毂,最关键的是固定辐条,安装车轴。轮毂在中,孔洞叫框眼,框眼边要镶上生铁铸的圆环,车轴外侧要安装一圈车铜,使其耐摩擦,轮毂外还要用铁圈箍住。

孙犁在《铁木前传》这篇小说中,记叙了木匠黎老东与铁匠傅老刚合打大车的事。汪曾祺有篇小说叫《戴车匠》,讲他们那地方木匠用木制车床旋刀车旋小件圆形木器,与制作大车没关系。

张耀元是朔城区安子村人,祖先由小堡村搬到下疃村,再由下疃村迁移至安子村。上溯他家六代,有张印者,其父早亡,撇下寡母与弟兄仨。张印为大,老二张芝,清道光年间走西口,到了归化城一带。老三到南山砍柴,丧生虎口,没有留下名字。

张印到代县车铺学铁匠,打造大车需要的各种部件,叫"盖车",学了三年。"盖车"是高端技艺,学会"盖车"其他铁艺便能触类旁通,迎刃而解。

张印下面四代,每代都有铁匠。第四代铁匠张如山,即张耀元的爷爷，一爿站炉，露天打铁，为本村和附近村庄的人打造各种家具农具。

铁匠炉有"站炉""坐炉"之分。站炉炉台离地二尺五，风箱放在台上，打铁时需站着。

铁砧放在桩子上，桩子是树的正身与枝杈相连的部分，倒置于地上。大师傅掌钳，二三师傅抱锤，小徒弟拉风箱。

坐炉离地四五尺，风箱放在地上。掌钳的坐在工具箱上，抱锤的坐在三四寸高的矮凳上。

铁是收来的废铁，买回的铁锭。买铁尽量拣做起来省劲、好作务的。把铁锭烧红，拉成半成品，做好准备工作，这叫"拉铁"。打完家具农具，剩下的料叫下脚料，二三师傅在干完正活儿之外，打鞋钉、锥刀、顶针、鞋溜子、席挖挖（编席的工具）、扫帚圈、门铧等，最大限度地利用废料。锥刀是学生用来裁纸、给本子锥眼儿用的。老话说：铁匠翻过手，养活十五口。

打铁是门手艺，需要技术和经验。

"掌火"就是部件焊接时掌钳的要在"茬口"间放些土，用"拨火"撩起"盖火"放在火头上，待表皮的土与铁熔化，呈液态化，冒白光迸金星时，要赶紧拉出来，放在砧子上时赤焰四射，顷刻间，掌钳的"要锤""叫锤"，小锤叮叮，大锤当当，小锤大锤，左右翻飞，大锤跟小锤，小锤催大锤，锤如雨点，铁花四溅，仿佛奔命似的，人人脸上滚动着颗颗汗珠。

孩子们站在远处，瞪大眼睛，看着铁匠们旁若无人，老子天下第一的傲人姿态，流露出深深的仰慕之情。

打铁是风火营生，好匠人能把握火候，抓紧时机，一气呵成。赖匠人拖泥带水，反反复复，做出的活儿，既不好看，也不好使。

铁铲、铁勺、菜刀等厨具若要不生锈，便需"摊铜"，就是把生铜打成屑，待家具成型后，在水里蘸一下，沾一下土，然后把铜屑撒在需要的地方，放在火上。等烧出白炽光，拿起来翻调，沾土的地方铜汁流淌，流得要平滑均匀，岂是易事？

出入土壤的农具，要韧头，这就需要"摊生"，其做法与摊铜仿佛，只不过铜屑换铁屑。经过处理的农具，韧性好也耐磨。

镰刀、铡刀、菜刀、斧子等刃具要夹钢、搭钢。夹钢是把钢夹在两层铁中间，是暗钢；搭钢是一面上钢，如斧刃、锛刃、凿刃，是明钢。夹钢不好要层皮，搭钢越薄越锋利，赖匠人搭钢厚，磨不出来。

工具成型后，经过冷处理，锤、锻、打、戗。

淬火，就是将刚离炉的刃具浸在水、醋、盐水、食油、尿中，根据工具的不同用途特点。钢的含碳量不同，含碳量高的钢火势不能猛，猛了进水就"炸"，这一道工序的控制全凭经验。

盐水淬火最硬，油淬出来的锋刃韧性强，铃铛要用尿浸泡，否则没音。

如果既要锋利又要韧性，就得把铲下的马蹄片泡水，用它淬火。

张如山是旧时安子村的铁匠，城里有戴二宝，人称"木匠旦"，如山在村里人称"铁匠旦"，他们二人都有名。

那个时代，安子村有个说法：

> 有钱不过殿三，
> 会说不过苑三，
> 灵巧不过如山。

殿三指的是郭明元，光绪二十一年（1895）武进士，殿试第三名，故名。

如山是能工巧匠，曾给肖西河底村某老财做大门，大门做好后安装了一对铁公鸡，开合之际喔喔打鸣。这东西是咋做的，咋就发出公鸡的鸣叫声？人们愣是闹不明白。

有一年他到关南，经过代县，看到城门上张榜，原来是鼓楼上大鼓的吊环年久朽坏，需要换新。原来的鼓在未蒙皮时就安装了吊环，两腿分开，内外固定。现在打上环，把腿塞进去却卡不住。好多铁匠都看了，却毫无办法。

如山揭了榜，爬上鼓楼看了大鼓孔洞，量了吊环尺寸，便动手制作。考虑到鼓大又重，且铁环易锈，多年后仍要更换，于是他打造了钢吊环，吊环前头分叉翘起，塞进去后弹起叉住。

做好后，他把吊环钉进大鼓孔洞，吊环与大鼓牢牢地固定住了。大鼓被重新吊起，人们用碗大的鼓槌轮番敲击，围观的人齐声喝彩。

如山精通多门手艺多，他会唱戏、会拳术、会针灸、会画画。

他画画的才能出于天生。每每看完戏，回家用香头在墙壁上画戏剧人物，香放了火焰，按灭，用香梗作画，画得满墙都是。

如山和老二张如云分家后，老二把铁砧和风箱都拿走了，这是铁匠行当最重要的两件工具。如山怀揣家中仅有的块半银圆，步行到代县买风箱，代县有楸木风箱，是铁匠炉专用的，远近有名。

这日他过了太和岭，走到一村，天色已晚。他站在一户人家的大门口，考虑着是赶夜路还是住下来。住下就得花钱，这一块钱怎么够？

正在他犹豫间，这家主人走出来，问明情况，便留下他。

晚上，女主人做腰子（当地一种女红），腰子有交叉腰爪子，就是装饰带，要在上面刺绣。他看了看图样，发现有些陈旧过时，便说："我给你画！"女人撇撇嘴，不相信他会。如山便用香梗在纸上给她画了几幅，无非是梅兰竹菊、花鸟鱼虫、蝠榴桃鹿这些民俗祥瑞题材的图案。女主人看了连连称奇，爱不释手。第二天，一村子的女人来找他画样子，画一幅给三颗鸡蛋，足足凑够三大笸箩，两口子帮着卖了，靠这点钱他买回风箱还有富余。

清末民初山阴出过一位有名的画师叫张大义，与如山交好。有一年冬天，大义无事，到如山家闲住避冬，住了七八天，闲得无聊，大义便对如山说："我给你画围墙吧！"如山说："挺好，你画！"

大义画完了一面墙后，如山说："行了，你碾颜色我画！"

如山动手之后，大义一直站在身边，心里思谋这人要出洋相，直到如山画完，手法技巧却毫无规矩章法，但画出的人物风景却栩栩如生。

大义说："如山，你不是人是怪。画人从脚底画到脸也能画成，确实有天分。但你没法儿传习，没法儿教人。我的画都有程序，每一笔都有说道，你没有，但你确实画成了，画好了！"

这些故事好像说得跟铁匠有些远。

有一年，安子村草台班子演出《杀惜》，就是宋江杀阎婆惜。如山为演出做了真假两把道具刀。假刀是双膛刀，里面有夹层，安装着弹簧，夹层里灌着苏木水。老话说："吐出真红血，还当苏木水。"可见这苏木水真的像血。

"宋江"先用真刀表演，飞掷于柱上，让人们一看这就是真家伙。随后趁人不注意，把真刀换成双膛刀。等到他怒不可遏，拿刀捅向"阎婆惜"时，刀尖抵住人体，刀刃缩回，顶出苏木水，台下的人们"妈呀呀"地吓得乱叫，有的抬脚便跑，有的呆若木鸡，一动不动。场面乱成一锅粥，所有人都认为假戏真做了，这回可是真的杀了人啦……

张如山的岳父史宗是山东第一镖师焦雁翎的大徒弟，武功了得。如山跟他学习，学成后把武术招数用在踢鼓秧歌上。在踢鼓秧歌的程式上，加上武术动作的灵活多变，刚柔相济，很受观赏者的欢迎。

每年冬三月他出去唱戏、教戏、教拳、打铁，随身带着针灸包，利用闲暇时间治好了很多人的眼病。针灸是他家祖传，能治眼科、儿科、妇科。最拿手的是治眼睛。过去人们常"害眼病"，眼红，眼疼，而且往往是一家同时害眼病。有一回张如山他们在宁武某村唱大秧歌，该村陈姓一家老少害眼病，病人眼睛充血，还发烧，眼周布满黏脓性分泌物。他用针灸治好了这家人的病。如山小名仁义，日后很多年被他治好眼病的人都说，是朔县安子村的仁义老汉治好了我们的病！

张如山有四子：分别叫张权、张标、张梁、张忠。老话说："艺术总比佯术强！"如山让四个儿子都学手艺。张权学了铁匠；张标人软弱，让他学武术没学成，后来放了羊；张梁先学钉鞋、绱鞋，后来也学了铁匠；老四张忠跟南曹村张二俱学木匠。张二俱是出名的木匠，做家具、起房盖屋自不在话下，他还精通雕刻。朔县、宁武、代县交界处有个村叫塔泉坡村，有一年建戏台，戏台建好后，延请各地名匠准备雕刻部件，等戏台泥水相合后安装。

张二俱来得迟，走得慢，衣衫褴褛，南路的匠人看不起他，他们已经做了好多活儿，专等一起安装的时候奚落他。张二俱吹着口哨，还要抽几口洋烟。三四天后，做的营生竟然超过众人，他的雕刻部件不仅雕得精细，还雕得活生生的，人皆暗叹。

二俱给南磨石村一户人家盖房，没做下"飞"，就是出檐椽上的构件。二俱发出一声吼喊，让房上的人照常"贯椽"，他在地下用锛子劈"飞"，劈好一个上一个，不用刨子。但见锛子翻飞，一会儿一个"飞"，齐齐整整，长短大小不差分毫，看得人连连叫好。行话说"飞八遍"，就是做一个"飞"要经过八道工序，上梁前要全部备好。而边贯椽边做"飞"，只有张二俱敢这么做，也只有张二俱能这么做。

木匠比铁匠的手艺繁杂，讲究更多。好木匠做得了各种活儿，并且手艺精湛，这还不算本事，还有一种不常用的本领是"打大树，榫危房"。树有千万种,且各具形态。参天巨木生长在四合院中,把它放倒,不能毁房屋,更不能伤人死人。打院里的大树时,辘轳伞安装在院外的空旷之处。有的树树身歪,有的枝杈斜。树歪的,先把底部锯成马口形,不能锯断,断了树就倒了,然后用辘轳伞把树扶正。先打旁枝,利用主枝,打完旁枝,再把大枝用辘轳伞"射"到院外,剩下光秃秃的树身就好办了,让它倒向哪里都可以。

打大树,扶正倾斜的房屋,以及移动庙宇大架,就要用到"辘轳伞"与"田牛伞"。将两个轱辘置于,间距三到四尺的地方,轱辘之间以椽作轴,再用八根椽绑得死死的,椽埋进地下三四尺的深处。两个轱辘立起,轴横放,如车轮架起,这叫"辘轳伞"。两个轱辘平行摞起,中间插轴,这叫"田牛伞"。"田牛伞"用四根椽捆绑,但力量更大。无论使用哪种伞,都是轴上缠绕绳子,用很多根绳子拉住不同部位,根据指挥者的口令搅动绳索,作用于工作件。根据需要,伞可以安装多个。

过去民居都是梁架结构,年久失修,房屋一般都会发生不同程度的倾斜下沉。木匠们便利用这两种伞、利用墙柱分离的原理,寻找精准的着力点,在不拆除墙体的情况下,用伞将梁架拉正,或者将梁架移位。

张耀元之父张忠给贾庄一老财将三间正厅由路南移到路北,他不敢造次,事先请来师傅张二俱,将三间全檩柱木结构的房屋平行移动到路北,没有损坏榫卯。

黄水河村一户田姓人家,正月盖起三间房,泥水没和合,冻了又消,后大墙朝里倾斜尺数。请来张忠帮助修缮,张忠将屋顶支起,拆倒后墙,发现里面的两堵夹墙也变了形,只好全部拆掉,重新砌墙。

农业社时,青钟村大队饲养院的十来间房中柱底部腐朽,中部陷落,起脊房成了平顶房。张忠、张耀元父子俩将梁架伞起,锯掉腐朽的柱底，用柱石将房梁顶起来，恢复了原状。

无论是打院里的大树还是牮房整修都是有危险的。有一年，高升庄村句贤家西厅年久失修，严重变形。请来木匠牮将房架拉起来换构件、换柱子，由于操作不当，房屋倒塌，句贤父子俩双双被压死。

铁匠、木匠是古老的职业，如今它们基本上告别了人们的生活。它们和古老的乡村文明一起，慢慢淡出了人们的视线。

过去在农村，谁家请得起木匠是很让人们羡慕的，很多人家儿辈子都无钱请一次木匠。无论是谁家做木工活儿，都像是全村孩子们的节日。他们围成一圈，观看木匠的刨花像绸子那样拉得长长的，看木匠拉大锯、熬胶，看那刨花的火焰在胶锅底下呼呼燃烧。

他们看铁匠煅打热铁时那迸射的火花，看那呼呼拉动的大风箱。这一切都是他们童年的甜蜜记忆！

赏 析

"铁木"，指的是铁匠和木匠。旧时代的手艺人中，铁匠与木匠的关系最为紧密，故而将二者放在一起来写。作家孙犁曾经写过小说《铁木前传》。

文章主要记述朔城区安子村人张耀元的铁匠爷爷张如山与木匠父亲张忠的故事，突出表现他们技艺之精湛。

概括而言，记述张如山的故事有：设计出大门上会打鸣的铁公鸡、巧换大鼓铁吊环、为女主人画图样、替画工朋友画围墙、为戏班打制真假两把刀。记述张忠的故事有：为财主成功将正厅移走、为黄水河田家的危房支起屋顶重新砌墙、为青钟村大队饲养院十间房重换中柱。另外还记述了张忠的师傅张二俱的两个故事：做戏台雕件、用锛子做"飞"。

这里面每个故事都记述得生动精彩，引人入胜。这主要得益于作者善于采用人物传记的传统手法，选取了人物的典型事例，注重人物的细节描写，使得人物形象跃然纸上、丰满鲜活，仿佛人物的一笑一颦、一举一动就呈现在读者眼前一般。

此外，作者在刻画人物时，善于采用正面描写和侧面描写相结合的手法。文中描写了人物的语言、动作、心理、神态等，这些都是正面描写。侧面描写，如开始写张如山，引用村人的顺口溜"有钱不过殿三，会说不过苑三，灵巧不过如山"，便是从侧面表现他的手巧。再如，张如山设计出会叫的铁公鸡后众人的诧异，面对换大鼓吊环的困难众铁匠毫无办法到如山巧换吊环成功后众人的喝彩；为女主人画图样时由女主人开始"撇撇嘴，不相信"到后来"连连称奇，爱不释手"，画围墙前朋友前后不同的心理、语言，这些都是侧面描写，衬托出如山手艺之精湛。甚至戏班戏演得逼真也是通过侧面烘托——戏之所以演得真，正是如山刀打得巧。诸如此类，正面与侧面相结合，将人物特点刻画得非常到位，颇具立体感。

谈到衬托，除上面提到的侧面烘托外，文中还有其他。比如写张如山画图样和围墙、将武术用于踢鼓表演、会针灸给人治病之事，似与写他铁匠生活无甚瓜葛，似乎离题，但这正是作者的有意安排：一则体现了散文"形散而神不散"的特点，能放得开，收得拢。更主要的还是一种正面衬托，用他的其他技能不错来衬托他的铁匠活儿好，充分表现出他的心灵手巧。再如写张忠的师傅张二俱做戏台雕件和用锛子做飞两件事，是一种铺垫，更是衬托，张忠之所以木匠活儿称绝，正是有这样一位能人师傅，正所谓名师出高徒！此外在记述张忠几件移屋换柱的具体事例后，又写了高升庄句贤请木匠换柱子致使屋塌人亡一事，写出这行业的危险性，其实也是在反衬张忠木匠活儿好，从未出过事故。

行文结构上,文章在写铁匠张如山之前,先交代了有关铁匠行业方面的内容,写张忠移屋换柱几个事例之前,先交代"打大树,华危房"这种平常不用的本领是怎么回事。这样读者读起来不显突兀,这是十分必要的铺垫,使行文流畅严谨。

文章不是无情物。结尾几段文字饱含深情,流露出对铁匠、木匠这两种古老职业基本告别人们生活的惋惜之情。

(高海龙)

从亲情与故乡出发

/ 杨 矗

散文的文学规定是什么？或者说散文的本质特征是什么？是经历过一个曲折的认识过程的。中国古代很早就既有诗又有文，文就是非诗的"散文"，但一开始还是一个比较混杂模糊的概念，其内涵并不清楚，于是其外延就非常大，除诗之外它几乎无所不包。其后又有"文"与"笔"之分，文开始有重视情感和形式的追求了。后来的一个基本认识是：文以气为主，讲情感气势成了它的一个基本规定。现代新文学时期，周作人的散文崇尚平和冲淡，鲁迅的杂文讲求泼辣的讽刺锋芒，朱自清的散文追求诗情画意。新中国成立后，有一种新的风潮是认为散文应该有意境，比如杨朔的《荔枝蜜》，文末作者写自己在梦里变成了一只小蜜蜂，一个成年男性作者变成小蜜蜂这件事，怎么看都让人觉得别扭，显得矫情、做作、虚假，是为造意境所累。可见此途并不稳当。还有人主张以"知识性"取胜，如秦牧的《艺海拾贝》。就总体看，当时仍没有找到恰当的定论。

改革开放后，余秋雨的文化散文畅行一时。还有人专门写所谓的"思想大散文"。但人们还是觉得应该有一个统一的规定，"形散神不散"成了大家较为普遍的选择，一是因为它自由，题材多样，形式也灵活。二是它毕竟还没有丢掉自己的"主脑""神魂"，仍有集中统一的东西在内里做定盘星。但是，因为强调"不散的神"，又容易落入刻意地讲"主题"或"中心思想"的刻板套路，其流弊也渐令人生厌，于是大家只好说：散文的本质是"自由"，即人们爱怎么写就怎么写吧！但是，也还有一条：真实，即真实的人物唑事件、真实的情感，则也是散文所独有的。因此，真实、自由，又不失一般文章之文法格局者，就是散文的最一般体态了。

　　明散文之质、之征，是为了讲孙莱芙的散文，他的散文现在是以"自选集"的方式收在"新语文名家散文读本"系列名下的，称"乡土印记"，对于他的散文来说倒也比较合适，因为它的基本内容正是锚定在"乡土"这个大范围内的。他的这个集子里共有四个板块：第一辑：难舍穷家，第二辑：壮年高歌，第三辑：岁月之河，第四辑：乡土记忆，回忆乡情正是全文的主脉。说孙莱芙的散文是一种"乡土印记"应该是不错的，再缩小点是写"亲情"和"乡情"的散文，"情"是其散文的魂，而本色、质朴、不太追求技巧、把诗意融在情感把控的张力中，以结尾集中彰显诗意等则是其最基本的美学风貌，或者说，他的散文几乎是"无技巧"的，如果说真有什么技巧的话，那也是一种"内在的技巧"，它与内容已相融不分，或曰是一种"质朴的诗意""逻辑的诗意"。它不是技，而是一种浑然天成的境界，抑或说若刻意用技反而会伤了它的"体"，它应算作无表现而表现的素朴美学，貌似易为，其实也不易达到。如果不是它多有一个"诗意的尾巴"，我们是完全可以把它视为一种"平淡之风"的，而"作诗无古今，惟造平淡难"，在中国古代美学观念上，质而实腴，枯而中膏，或"绚烂之极归于平淡"的"平淡"则是诗的最高境界，于散文自然也是至境。应该说孙莱芙的散文已与之有些"神似"了。总体而言，我认为他的散文在以下三个方面值得称赏：

苦难中的诗意

中西美学的观念和实践都证明：悲剧是艺术审美的最高形式，它最具震撼力和感染力，走心最深，动情也最烈。故世界上那些一流文学名著也多属于"悲剧的艺术"，起码也具有不小的"悲剧性"，比如《红楼梦》《哈姆莱特》《安娜·卡列尼娜》等。而"苦难""死亡"等正是悲剧的基本元素，"苦难"如果被诗意所升华，自然也就变成"悲剧的艺术"，至少也是"苦难的诗"或"苦难的文"，或曰诗意可以把"苦难"变成文学的佳酿。孙莱芙的散文正是这样的佳酿，他写的正是"苦难中的诗意"，或"诗意的苦难"，一种为乡村、民间、家庭的"苦难"铭刻于心，融汇于情而转化出来的佳酿，一种苦难的诗篇。人们常说：愤怒出诗人。现在则应该换为：苦难出好文、出情文。刘勰曾反对"为文而造情"（为了创作而虚构感情），而大力推赞"为情而造文"（为了抒情而创作），无疑，孙莱芙的散文写作属于"为情而造文"，是因"苦难"而文学、而自然"为文"的。

真实是散文的生命。如果说孙莱芙的散文也必然应符合"真实"这一要求的话，那么其所抒写的"苦难"在很大的程度上也就不能有失生活之真。再者，好的散文也总是有"我"在场的，或也多多少少总同作者自我的生活经历和情感活动有关，因而一个"真实"，一个"自我"，也就顺理成章地成了孙莱芙散文的两个最基本的成分，自然也就是其"苦难"的两个必要的条件。依此，我们则可说，孙莱芙自我生活中的"苦难经历"正是他的"苦难文学"的良田沃土；他的散文来自他个人真实的生活经历和内在情怀。这决定了他的散文不虚假、不矫情，自带感人的"含金量"和"良心素质"。

苦难来自塞北一隅的恶劣的自然条件，也反映在作者比较贫寒的家庭之中。孙莱芙毫不讳言地把自己小时候乡下的家称为"穷家",他在《难舍穷家》中写道:"说起来,我们这个家没有一样值钱的东西。父母一生胼手胝足,辛苦劳累而积攒的那点家产实在可怜:两间小土屋,里头摆着两个独头柜,一个已经散了架;四口大缸,有三口还是漏水的,仅能放置杂物;常用的,还是母亲的针头线脑,父亲的烟锅油灯;最重要的家当,还数那口一日三餐都离不了的铁锅。"在《无人居》中写道:"小屋格外狭窄,地当中一根大泥柱,占去了大半空地。窗外几步远,高起的是邻家的山墙,院落局促,屋内光线亦显得暗淡而昏黄。""小屋已逾百年。屋顶裸露着椽子,冬天蒸笼雾罩,上面有厚如棉被的冰雪;夏天,缕缕丝丝的老尘落下,地上炕上就洒满了薄薄的一层。""窗上的三块玻璃已经破碎了两块。"真称得上是陋室穷家了。住所如此,生活的艰辛、困苦、不易等等自然也就无言地蕴含其中了。而人呢?居住在其中的人也必然是有着说不尽的苦难故事的人。首当其冲的则是"苦难的母亲形象"。

俗话说,宁跟要饭的娘,不跟当官的爹。母亲是孩子的"保护神",也往往是贫苦之家最主要的支撑,因此也就最是苦难深重的化身。作者这样写母亲:"她十四岁上出嫁,早年逃荒要饭,四处流离,生了八个孩子,有三个夭折,三个送人。""母亲生前有个外号,叫'忙老人'。"意思是终生劳累,没有安逸之时,也苦惯了,累惯了,闲不下来。能够最为集中最为典型地反映母亲的劳苦、艰辛的,莫过于她的那双粗糙、皲裂的手,集中就有专门的一篇《母亲的手》,这是一双不免让人心生酸楚、哀怜之感的手:"母亲的手和二哥的一样,短粗、壮实。那是一双终生劳碌、饱尝了艰辛与苦难、粗糙和变形的手。""生养多,孩子落地不几天身体没缓过来就得干活。二月里春寒没吃的,六月里抢收拔麦子,秋雨里跪地起山药,雪夜里灯下补衣服,她的手从此落下酸麻的毛病。""从我记事起,从未见过母亲剪指甲。

春种秋收、捡豆搂柴、捋谷剥米、掏火挖灰、炒莜麦、泥灶火、洗山药、裱窗缝、捡破烂、养猪养羊还喂鸡，终年胼手胝足，指甲似乎没有生长的机会。""深秋拔割豆子、起山药，母亲的手就到处是皲裂的口子……晚饭过后，继父把猪牙骨取下来，点起油灯，取出一根大针叉。先把猪油抹在她手上的裂缝里，然后把烧红的针叉按在裂口上。其时，听得丝丝发响，升起焦糊的青烟，母亲咬着牙，额头上滚动着豆大的汗珠。"这是多么生动的细节，多么令人心酸的文字！母亲的苦、种种不易，借着这些生动的细节和逼真的形象，在无言地剐着人的骨、刺着人的心。

母亲是苦难最为集中的承受者，而她的苦也自然与整个家庭都有关联，比如她的儿女们就是她人生苦难的重要组成部分，"母亲生过八个孩子，老大叫金和，放猪时被洪水冲走；老六叫荣和，跟父亲打柴，冰上摔了一跤，死了；老七叫旺旺，头上起了大包，疼痛难忍，央人割开，死了。老三、老四、老五生在口外，都送人收养了。"称得上经历多次的生离死别，骨肉分离，皆是人间之大苦难、大不幸。

在这片荒寒的土地上劳作，也有说不尽的辛苦和艰难。比如种莜麦："春季下种之时，大黄风刮得天昏地暗，白天也得点灯。刚刚种下的山药籽，在一场大风后就裸露出来，风停后，人们就拿着锹，跑到地里把它们再翻下去。种莜麦的时候，女人们用笸箩簸箕挡住风，男人们才能把粪和籽种点进墒沟。"而收割时又往往会有雹灾，"冷不防，当空咔嚓嚓一声响雷，瓢泼大雨夹带着丸药那么大的冰雹砸将下来。我哥哥和村里的后生们没命地蹚过齐腰深的河水，把被冰雹砸昏的女人们都背了回来。母亲直挺挺地躺在炕上，大伙给她又是灌热水，又是揉胸口，又是口对口地换气，直到掌灯时分，她才睁开了眼睛，我和哥哥忍不住哭出声来。"自然条件恶劣，不是大黄风，就是大冰雹，苦累艰辛不说，还不时会有性命之忧。

苦难是事实，苦累是常态，生活之艰辛、凶险，也就是这方水土能够给予生存其中者的那份天然的馈赠，但作者并不是一个简单的苦难的"揭示者"，好像这苦难从不为人知，写作者应该肩负让人们了解它的使命，如果文学仅止于此，我们也找不到可以否定它的理由，因为这本就是文学的一种职能，让真实的生活都能得到诗意的揭示。只是这种定位并不值得过分地称赞，因为其预设还太低，离理想的指数还比较远。孙莱芙不是这样，写苦难是他不得不选择的题材和方式，重点则是在借写苦难而抒写他对故乡和亲人的爱、记忆、思念，或曰他的目标并不是苦难本身，而是亲情和乡情，或者说他更看重、更想表达的则是苦难背后所折射出来的"人性的诗意"，那种来自质朴乡民们的美好的亲情，那种永远能够战胜万千苦难的坚忍不拔的执着和与世和解的温馨，比如这样的笔墨："窗上的破洞、细缝，也用废书和旧报纸精心地裱过。每当掌灯时分，寒气逼人，母亲在窗外挂上牛皮纸做的窗帘，立时，天光隐去，灶火燃烧，一灯如豆，黑漆漆的皮缸上跳动着火的影子，便有了说不清的快意与安全感。晚饭过后，母亲和父亲高高兴兴地拉呱着陈年旧事，我推开饭碗，挑亮灯芯，翻看着一本少头无尾的旧书，那份惬意，那份快乐，着实像沙漠里掘出了一股清泉……"故而在作者的笔下，生活之美并非因为苦难，而是因为虽有千般苦万般难，置身其中的人却依然不改对生活的执着、热爱、快乐。这往大处说叫"孔颜乐处"，往小里说其实就是寻常百姓的最普通的生活信仰和最朴素的人间真情。很显然，它已被孙莱芙牢牢地抓在手里了。他的"苦难"有一种别样的美。

神圣的母爱

早在远古时代，我们民族就有一种特殊的"女性崇拜"观念，有学者通过研究指出其源头是"大母神崇拜",认为可能是由于母系氏族社会过于长久吧,也有对于生殖的崇拜、生命的信仰的传统在其内,不管怎么说,有"女性崇拜"的原型和传统在中华历史文化则是毋庸置疑的事实,比如女娲造人的神话、西王母、四大美女、杨门女将等以女性为主角的传说、故事,《老子》的"贵柔尚雌情结",屈原的"香草美人之喻",《红楼梦》的众女儿形象,等等,都是无言的证明。对"母亲"的崇拜、敬爱、礼赞,是这个谱系的重要组成部分,"大母神"就是有生殖养育能力的"母亲神"。莫言小说《丰乳肥臀》的主角就是一个以生育为"原型"的母亲,她生了八个孩子,但没有一个是同自己的丈夫生的,这个形象想显示的就是"母亲"的生殖意义,它在"道德"之上,"丰乳肥臀"便是其生殖力最为原始的象征符号。孙莱芙散文非常感人的地方也在于此,甚至可以说这个集子中最好的篇章、最精彩的笔墨都是有关母亲的。他对"母亲"的回忆、刻画,文笔最为精彩传神,感情也最为浓烈深厚,这也是我喜欢他的散文的一个重要原因。

他也写母亲的生育,这恐怕是这个"母亲"最为不堪的一页了,生了八个,三个夭折,三个送人收养,最后身边只剩下了两个。有一个为了生计,还不得不到外村给人放羊为生,而且独身终老。无论夭折,还是送人,都意味着骨肉分离,从自己身上掉下的"肉"就生生地永远地离开了自己,可以想见,这是多大的内在创伤!但这并没有击垮母亲,她默默地承受着这份巨大的内在伤痛,坚强、隐忍,一如既往地劳作、生活,操持家务,继续把人间最宝贵的真情、慈爱惠施于家人。

作者还重点写了母亲的吃苦耐劳、勤俭、勤苦。"母亲生前有个外号,叫'忙老人'。无论是农业社出工,还是分田后出地,她总是一溜小跑。锄田、拔田、割田,两只手总比别人忙乎。有一年,队里开了一块地种党参,让母亲管理。她一个人趴在地里,又是拔草,又是锄地，忙得连汗都顾不上擦。社员们中途休息，母亲就到附近拔一年蓬、野菜，收工后背回家。""早晨吃完饭，她到翻耕地里拾山药；火热的晌午，她到菜地压葫芦蔓。"这个细节更典型，"我上高中那些年，母亲每年都要喂三口猪。""夏秋季节，阴雨连绵，雨过天晴后，猪圈里一片"汪洋"，猪泡在水里，仅能露出头。这种时候，母亲就脱掉鞋子，挽起裤脚，爬进猪圈，一盆盆地往外舀水。猪圈里漂着猪粪、鸡毛、柴草杂物。舀完水，她还要把脚底的稀糊糊收进盆里，再倒出去。她是小脚，年纪大了，要把猪圈收拾干净，再垫上土，分外不易。有一回，在外帮忙的继父听见她发出一声闷哼，赶紧跑过去，只见她那双沾满泥粪的手顷刻间被鲜血染红，疼得浑身直打哆嗦。原来，她只顾埋头干活，谁想双手竟然插在玻璃碴上。"

孟郊有诗曰：慈母手中线，游子身上衣。母亲对子女的爱总是细微而无声的，针头线脑、缝缝补补也最能反映一个普通劳动者家庭中母亲的勤劳、慈爱和奉献。于是这样的笔墨也自不可少："我小时常常破衣烂衫，每当掌灯时分，母亲就盘腿坐在炕头，给我缝缝补补。冬天没火炉，纸糊的窗户外寒风阵阵，不时能听到河道冰块的爆裂声。半夜醒来，窗外月光清寒，户内一灯如豆。常常看到母亲把手拢到油灯上，烤了手心烤手背；或者，把双手捂在嘴上，呼呼地呵热气；要么是把手压在身下，慢慢复苏那双麻木的手。"这样的描写，真挚、细腻，又始终克制、内敛，不让情感爆发出来，反而更能穿透人心，感人甚烈。

母亲对家人的爱永远都是单向付出、不求回报的。而儿子对母亲的思念也是浓不可化，无可替代。《母亲的消息》是集中写母亲去世后儿子对母亲的万般萦怀，千般思念的，"每次到母亲出生的村庄，我都会到她住过的地方站一站。原来的房屋已经消失殆尽，只有悬崖上还留着后墙的轮廓。我在那口老井旁瞧瞧，希图在水里照见母亲的容颜。""我到我出生的村庄，路过一块河边地，记得母亲曾在这儿挖过野菜。我叫司机停车，也信步到这块田里拔菜，还专门到母亲当年拔菜的地方，发现那儿的野菜今年长得特别旺。""我到村东，想到母亲曾经从这儿背着一年蓬进村。我到村西，想到有一年她挎着篮子收工回来，我去接她，她幸福的面容宛然在眼前。村西大路下，有一块斜地，如今还在，有一年的春夏两季，母亲天天在这儿锄党参。""转眼之间，我来朔州二十五年了。曾经多次去村里，不管走到哪个村，我都要到场面走走，因为母亲生前，经常到场面背柴抱草。我也喜欢看看小牛、小驴、小羊，因为母亲生前家里经常饲养小羊。小羊常常跟着她，她出院上街，小羊跟着，她回家上炕，小羊就跟着蹦上炕头。"这样地回忆、寻找、重温，无疑属于反复、回环复沓手法，但其叙述却显得极平淡、自然，是用白描的手法。但压在这已近于絮叨、疯癫、痴呆的"反反复复"下面的正是作者对母亲的满满的思念、浓浓的情恋、深深的爱与不舍，虽十分内敛，却又能让读者强烈地感受得到，而且这曲折得来的情的感染、感动反而比正面直接所抒之情的感人效果又不知道要强烈多少倍！很显然，孙莱芙是善用白描手法含蓄抒情的一个极聪明的写手。中国古代美学最推崇的就是平淡的"无我之境"，是"不着一字，尽得风流"，是"以一当十""计白当黑""不写之写""以片言而寓百意"，或"言有尽而意无穷"，追求不说满、不说尽，或有余味、有余韵。孙莱芙的写情之笔，也并没有拘实于一个"情"字，真可谓得古代美学风韵深矣！可以说，他这些"情笔""情文"，句句动人，篇篇感人。神圣的母爱、他对母亲的深爱，已尽藏其中，令人常泪目湿衫，不忍卒读。可以说，他的散文是既以白描胜，更以情感胜的。

乡土的宗教

　　黑格尔认为，"绝对精神"的最后三个环节是：艺术、宗教、哲学。这意味着作为"绝对精神"之"形象载体"的艺术，其理想者就应该有"宗教"的成分，因为"宗教"是它最近的前行环节。孙莱芙笔下的乡土生活是苦难的生活，自然条件恶劣，日子极为穷困，劳作艰辛繁重，天灾、人祸、饥寒交迫等等和"苦难"有关的因素悉皆备矣！可是，生活在这片土地上的人们却并没有怨天尤人、逃避苦难，而是生于斯、安于斯、劳于斯、乐于斯。是忍苦负重，食苦如饴。为什么？凭什么？凭对乡土的朴素的爱。靠乐观的生活信仰。信仰是什么？信仰就是不怀疑地信任、尊崇。这无疑可说是一种"乡民的信仰""乡土的宗教"。孙莱芙的散文有意无意地已包含着这一层面了，他诗意地传达出了这一来自乡间的"信仰"和"宗教"，使他的散文有了更深刻的意义维度。

　　"母亲"身上是有这个亮度的，比如作者有这样的描写："我们离开老家那天，正是阴天，屋外飘着丝丝缕缕的小雨，天气正愁人。母亲在屋子里磕手绊脚地走来走去，她用抹布擦洗了每一个坛坛罐罐，那双身不由己的手把那方泥质的灶台擦抹得格外光滑。她最后一次跪着用扫炕笤帚扫了地，柜底缸脚都被收拾得干干净净，她还把那架老旧的衣镜擦拭得纤尘不染……"一个旧家、老家，从此要永远弃而不用了、不住了，临行前为什么还要如此大费周章、劳力费神、仔细耐心地擦抹、收拾？给谁看呢？给谁用呢？交代给谁呢？不为什么，只为交代自己。交代自己对旧家的留恋、不舍；交代自己对生活的爱；交代自己所暗里秉持的真诚做人、认真做事的信仰、信念，什么时候都表里如一，都初心不改，都讲究一个虔诚和质朴的那种习惯和情愫。

这就近乎圣徒精神了。是一种朴素的爱，朴素的情，也是一种朴素的"乡土宗教"。

集子里还有一些写主人公"采蘑菇""养花"的文字，也折射出朴素的人间情、生活情，是主人公热爱乡土生活，心中有大爱的表现。还有，作者也有意无意地写到了许多乡民的"高龄"，无形中给人一个惊醒、触动，那是历经了生活的风霜雨雪、千苦万灾之后的"高寿"啊！没有对美好生活的信仰和执着是万万不可能的啊！因为这样的"生"是多么地不易！需要多么坚韧不拔的意志！无疑，其深层的依据，仍是那"准宗教"性的东西在起着支撑作用。

《哥哥的〈佛经念诵集〉》一文最为点睛醒目。文中写道："哥哥赵永和，老初中生，家贫未娶。""分田之后，他在本村、外村放牛牧羊。后来岁数大，走不动了，朋友介绍他到朔州市睿智寺打杂。"每天跟着师傅诵经、做法事。后来要离开寺庙，临走前悄悄地拿走了两本《佛经念诵集》。这个做法让"我"很吃惊，作者这样写："他是个不读书的人，从小到大，我从未见过他看过一张报纸、一本书，只见过他写对联、写标语、抄剧本。""四年时间，哥哥由一个牛羊倌、光棍、不读书的人，变成一个信仰佛法的人。"下面这一段文字便触及要害了，道出了其中的"神魂"："过去，我只感觉继父待我好，人到中年，走过世态炎凉，人间风雨，才知道我们村的人都是我的亲人，我的菩萨。""我们村是没有庙，但我们村有'菩萨'。""哥哥是没有家，但他的心已经为菩萨收留。"在作者笔下，这里正是一片虔诚的土地，正是一群虔诚的乡人，他们纯朴、真诚、厚道、老实，对生活挚爱，对生命敬畏，对他人仁爱，是心中有信仰的可爱的人。他们悄悄地供奉着心中的"乡土宗教"，"乡土宗教"也尽其所能地给予他们可能的爱和庇护。而深藏其中的正是他们的"生存法则和秘密"——一种极单纯、极朴素、也极真挚的信仰：对乡土和人生的爱。

孙莱芙的散文已抵达这个秘密。

孙莱芙是写真情、深情、浓情的高手，他的散文写了父子、母子、兄弟、夫妻、乡邻之间的感人之情；也有他们夫妻助人以爱的点滴记录。其手法主要是白描，是含蓄的控制。但也不乏言近意远的微醺的诗意，如《无人居》："送别了父母，一把大锁锁住了屋门，从此，我失去了托身之处与依靠，也从此告别了自在与逍遥。不知怎么，父母在世时那亲切温暖的慢声细语，那漫漫长夜里的穿针引线之声，此刻又回响在我的耳际。""虽是陋室，永志难忘！"《继父》："近年来，有多少人对亲爹亲娘尚不事赡养义务，又有多少骨肉子女因失去父母之爱而浪迹街头。每当此时，我就想起我的继父，想起那位在贫穷中挣扎了一辈子的人，却有着泉水般明澈照人的心灵：朴实无华，温暖善良，不争春荣，笑迎秋霜。"

能同人进行情感交流，把文字写到人的心里，这样的篇章自然是干货满满，不待辞采而又胜于辞采。

最后还想说的是，孙莱芙的散文有三方面的内容，一是写家庭，二是写走口外，三是写乡村。三方面内容书写了两大主题，一个是亲情，另一个是乡情。一个是写了自己的家庭亲人，另一个是写了乡村百姓。他以"家"为圆心，以"穷"为触摸点，以和继父、母亲一样的贫苦百姓作为他创作的"天"，以坚实的脚步去亲吻农民与乡村这片"地"。

他的思想与行为是统一的，他没有嘴上高喊着人民，却时刻不忘升官发财。他是人民，也是人民生活的表现者、代言人。

限于篇幅，有关他写走口外、乡村百姓的文章究竟怎么样，我这里就不谈了。把它们交给读者，交给时间，交给历史吧！

2020年5月3日星期日

后 记

1984年冬，我在雁北师范专科学校（今大同大学）读书，在刚刚创刊的《雁北师专报》发表了一篇散文，题目是《新屋絮想》，是吕兴光、陈应辉老师选发的。第二年我毕业回县，那篇文章被校报评为一等奖。

从那时起到2019年，三十五年过去了。检点我的散文创作，无非是穷家薄业，乡土百姓。内容单薄，题材狭窄，难掩寒素。但岁暮天凉，窗前灯下，怀念故土亲人，感悟人世悲欢，正如哀蝉鸣秋，小虫私语，难以自制。溯往追来，浊泪一把，皆出于真情和感念，相信读者会理解这种曲折悲欢的滋味。

我的写作是从自己的家庭、经历起步的。当我从雁北师专毕业后再次回家的时候，看到继父和母亲的生活、我们一家人的生活，内心怆痛，情郁于中，眼泪常常夺眶而出。

文化修养是创作的基础，经过大学阶段的学习，我懂得了品味人生，咀嚼苦难。文章与遭遇有关，与性格更有关。我的出身，加上我的性格，注定了我只能在这片狭小的天地休谷跌宕。

我写家庭的第一篇作品是《生儿育女》，我把它交给《北岳》杂志的编辑段增发，发表了。1991年，韩石山先生组织了一次"山西青年散文大奖赛"。我把这篇作品改了改，它原来是写我继父和母亲的，杂芜零碎。经过思考，我决定二者取其一，这就是《继父》。

我在山西省文学院第二期读书班学习的时候，《山西经济报》创刊，副刊由张心毅女士主持，我在雁北师专就读时的教师杨矗先生找到我，说他代张心毅女士组稿，希望得到我的支持。

有两年时间我给《山西经济报》副刊写稿，基本上都被采用了。后来，我给《农民日报》副刊投稿，编辑是张昆平先生，其间我坚持了一年。

没有他们的肯定、爱护、支持、督促，我写不了那么多，也坚持不下来。

2012年，我到内蒙古采访走口外的亲历者，创作大型纪实文学、口述历史《走口外》。我之所以要写这个，是因为我父母就曾是走口外的亲历者。他们过世了，但是这条路上的人还有很多。"走西口"是中国历史上三次大规模的民间自发移民现象之一，属于重大题材。我的创作由父母到民众，这叫"顺藤摸瓜"。

我一直对乡村难以割舍，写了很多村庄，记叙村庄的变迁，百姓生活的历史。

文章一事，时代气运，社会环境，影响甚大。20世纪八九十年代是我散文创作的旺盛期，其后人生蹉跎，毋庸赘述。作家接触社会不广，哲学思考不深，则文章甚难做好。而作家更要吃饭，生活清苦是意料中的事，伤身伤心则是创作的大敌。社会环境恶劣，文人就难免轻薄，功力深厚的文章则甚难寻觅。

中华文化荣枯续绝的起伏变化，触目惊心。散文天地尘埃落定、水净沙明的气象需要一定时间的积累。但是我相信，水深浪阔的时代，就在眼前。

北岳文艺出版社为拓展学生的阅读生活和文学视野，倾心策划"新语文名家散文读本"丛书。该丛书立足乡土，传承文化，莳花栽木，兼容缤纷，显现了正常年景、承平气象下对文化的辛苦经营。感谢谭曙方先生的大力举荐，使劳者自歌能够野岸呼渡，空谷传声。

三十五年了，这是我的第一本散文集，能不感慨？

感谢我就读雁北师专时的老师杨矗先生为我的作品写评，也感谢刘懿德老师的具体点评，还有大同二中、朔城区一中，以及五寨县各位老师的赏析，还有李成斌老师的点评，在此表示深深的感谢。

当然还有责任编辑张丽女士的辛勤劳动与付出！